POÉSIES

DE

EUGÈNE NAGEOTTE

PARIS

Alphonse LEMERRE, éditeur

27, Passage Choiseul, 27

—

1873

POÉSIES

DE

EUGÈNE NAGEOTTE

MACON, IMPRIMERIE D'ÉMILE PROTAT

POÉSIES

DE

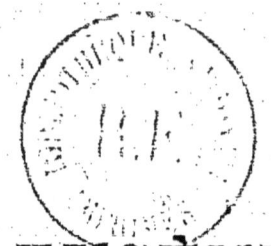

EUGÈNE NAGEOTTE

PARIS

Alphonse LEMERRE, éditeur

47, Passage Choiseul, 47

—

1873

AU LECTEUR

En cheminant, seul et rêveur,
Le long des sentiers de la vie,
J'aime à recueillir chaque fleur
Que j'aperçois épanouie.

Ce ne sont ni des lis altiers,
Ni des tulipes, ni des roses;
Jamais, dans mes humbles sentiers,
Pareilles fleurs ne sont écloses.

Mais une bruyère, un bluet,
Une âcre et rustique aubépine,
Un brin ou deux de serpolet,
Parfois une fraîche églantine,

Voilà les fleurs qu'en mon chemin
Dans mon printemps j'ai rencontrées.
En un petit bouquet ma main
D'un simple fil les a serrées.

Je vous l'offre, mon cher lecteur :
Placé sur votre cheminée ,
Puisse-t-il de sa douce odeur
Vous charmer une matinée.

1873.

I

MA VOISINE

I

Dans un grenier, dit-on, l'on est bien à vingt ans,
Quand on a sa Lisette et qu'on est au printemps.
J'avais bien le grenier, pauvre et douce retraite
D'où je voyais au loin les marronniers en fête
Balancer au zéphyr leurs fronts reverdissants;
Mais pour être à souhait, il me fallait Lisette.

II

Dans ce charmant parterre il manquait une fleur;
Dans ce ciel sans nuage il manquait une étoile;
Sur ces flots je voulais une barque et sa voile;
Dans ce calme, une voix pour chanter mon bonheur;
Dans cet Éden, une Ève à l'œil plein de fraîcheur,
Dont le beau front de grâce et de pudeur se voile.

III

J'étais jeune, et l'amour de son souffle léger
Avait à peine atteint mon âme frémissante ;
J'étais un flot limpide, une onde transparente
Qu'à peine le zéphyr était venu rider,
Qu'à peine une colombe à l'aile caressante
En s'y mirant le soir avait daigné raser.

IV

L'amour n'était encor pour moi qu'une espérance,
Un rêve que mon cœur nourrissait en silence,
Une fleur qu'il aimait chaque jour arroser,
Voulant, pour la cueillir et pour la respirer,
Trouver quelque beau front, souriant d'innocence,
Où ma tremblante main pût enfin la poser.

V

Heureux temps ! oh ! laissez, laissez sur cette page
Ma plume retracer votre charmante image !
L'âme alors ne rêvait à rien qui ne fût pur,
Et l'esprit ne songeait à rien qui fût obscur.
De ce ciel, dont l'éclat n'avait pas un nuage,
Laissez-moi rappeler et regretter l'azur.

VI

J'avais donc le grenier, c'est déjà quelque chose.
C'est bien peu, direz-vous. Croyez-vous qu'une rose
Ait besoin pour fleurir d'une belle urne d'or,
Qu'à la plage où le vent la caresse et l'endort
Sa corolle sera moins richement éclose,
Et son divin parfum moins suave et moins fort?

VII.

Je ne crois pas. Je suis de l'avis du poëte :
Vingt ans et le grenier, quand la nature en fleurs
Renaît à la verdure, à l'amour, et s'apprête
A ceindre pour l'hymen, vierge aux fraîches couleurs,
Son voile tout trempé de rosée et de pleurs ;
Vingt ans et le grenier, quand on a sa Lisette,

VIII

Quand on a près de soi, pour éclairer son front,
Une blonde fillette à l'œil doux et timide,
Un ange dont la voix, écho frais et limpide,
Endort votre douleur de sa molle chanson ;
Quand on a pour charmer l'ennui de sa prison
Un cœur frère du sien, qui vous aime et vous guide.

IX

Je ne pouvais sortir, étant fort occupé ;
Et puis il me semblait que ma jeune beauté,
Cette sœur que mon âme avait toujours rêvée,
Ne pouvait dans la foule être ainsi rencontrée.
Son pied par la poussière eût été profané,
Son visage flétri, sa candeur altérée.

X

Je ne voyais pas trop par quel moyen secret
Le ciel enfin pourrait exaucer ma prière.
Quelque petit point louche était dans cette affaire,
Et mon plan, je l'avoue, était fort imparfait.
Compter sur le Seigneur semblera téméraire ;
D'autre côté, chercher me semblait indiscret.

XI

Autrefois j'avais bien entendu ma grand'mère
Me raconter du ciel les divines bontés ;
Que Dieu pour ses élus se conduit en vrai père ;
Qu'il bénit leur sommeil et nourrit leur misère ;
Que des pains, au désert par un oiseau portés,
A point nommé venaient bien cuits et bien levés.

XII

Quelques pains, passe encore, et la chose est faisable.
Mais une amante, hélas ! il était peu croyable
Que sans se compromettre un Dieu pût l'envoyer.
Un tel espoir était tout à fait condamnable.
Mais malheureusement j'avais beau raisonner,
Il me semblait toujours que Dieu dût s'en mêler.

XIII

L'amour est ainsi fait : naïf à la folie,
Au ciel comme à l'enfer il croit et se confie.
Implorant à la fois le diable et le bon Dieu,
Il frappe à toute porte et demande en tout lieu
S'il n'est pas là quelqu'un, n'importe sa patrie,
Dont le bras bienfaisant puisse l'aider un peu.

XIV

Lecteur, vous souvient-il de ces bandits d'Espagne,
Braves gens, bons chrétiens, qu'un auteur comme il faut
A toujours soin de peindre errants sur la montagne,
Un chapelet caché sous leur large manteau ?
Jamais aucun d'entre eux, tant peu soit-il dévot,
Sans prier son patron ne se met en campagne.

XV

Tel est le cœur humain : j'espérais donc toujours
Qu'un Dieu compatissant servirait mes amours ;
Qu'un beau soir il ferait voler à ma fenêtre,
Comme un oiseau léger précurseur des beaux jours,
L'ange qu'il destinait à me servir de maître,
Et j'étais là, guettant pour le voir apparaître.

XVI

A ma lucarne donc je regardais souvent,
Lorgnant et rêvassant, au hasard et sans suite ;
Un amant plus actif blâmera ma conduite
Et dira que lui-même eût fait différemment ;
Qu'enfin lorsque la chose est à ce point réduite,
Le plus mince succès serait très-surprenant.

XVII

En face de ma chambre était une chambrette
Dont je voyais, ainsi qu'une modeste fleur,
S'entr'ouvrir au soleil la fenêtre coquette.
Tout était frais et pur : comme une douce odeur,
De ce toit s'exhalait un parfum de pudeur ;
C'était un nid à point pour loger ma fauvette.

XVIII

Or, ce nid était vide. A quelques jours de là,
Je vis en m'éveillant que la chambre était prise.
Décidément, le ciel, dis-je, me favorise ;
Et pour m'en assurer, aussitôt me voilà
Guettant à ma fenêtre... O fâcheuse surprise !
Un rideau mal appris aussitôt retomba.

XIX

Décidément, c'est elle ! Et qui donc ? Mais cet ange,
Cet esprit, pour s'unir avec chacun de nous,
Sur la terre tombé de la sainte phalange !
Cette vierge charmante, au sourire si doux,
Dont le voile d'azur en mes rêves jaloux
Venait baiser mon front de sa brillante frange !

XX

C'est elle assurément, mystérieuse sœur,
Que mon cœur amoureux depuis longtemps réclame ;
C'est elle qu'une voix, présage non trompeur,
Depuis longtemps annonce et promet à mon âme ;
C'est elle, c'est l'amour ! c'est elle, le bonheur
Du ciel même venu sous les traits d'une femme !

2

XXI

Comme une tendre fleur au printanier zéphyr,
Elle n'ose à l'amour encor s'épanouir,
Et refermant toujours sa corolle craintive,
Elle attend que l'été vienne enfin resplendir
Pour déployer au ciel sur son heureuse rive,
Comme un voile odorant, l'éclat qui nous captive.

XXII

Comme un oiseau timide, elle n'ose chanter;
Car son œil inquiet a vu sous le bocage
Un pâtre, un inconnu venu pour l'écouter;
Et tremblante en son nid caché sous le feuillage,
Comme aux jours où le ciel menaçait de l'orage,
Elle blottit son aile et n'ose respirer.

XXIII

O trop timide oiseau! trop frileuse violette!
Ne crains point le chasseur, et relève la tête!
Ne crains plus les hivers! De tes riches couleurs
Epanouis la pourpre à la nature en fête.
Viens redire aux échos tes concerts enchanteurs!
Viens briller, c'est l'été! c'est la saison des fleurs!

XXIV

Ces paroles, lecteur, murmuraient dans mon âme,
Comme un ruisseau limpide au sein de son vallon.
Je priais le chasseur, je priais l'aquilon
De respecter ce lis, cet oiseau, cette femme,
Vers laquelle mon cœur, ainsi qu'un jet de flamme,
Brûlait de s'élancer en adoration.

XXV

Je n'ai jamais compris qu'on blamât le mystère.
C'est après la beauté ce que je sais de mieux.
C'est en vain qu'un savant, de son compas sévère,
Prétend tout mesurer, tout compter sur la terre.
Je plains au nom du beau ces efforts malheureux :
Si tout était prouvé, tout serait ennuyeux.

XXVI

Le mystère est un charme, une grâce nouvelle
Que toute belle chose en soi-même recèle ;
C'est un parfum divin qui donne au vase d'or
Un attrait qui le rend plus précieux encor.
Sans mystère, l'amour n'a plus son étincelle ;
Sans mystère ici-bas, rien n'est beau, rien n'est fort.

XXVII

Le mystère est partout où se trouve la vie :
Il est dans le zéphyr qui caresse la fleur,
Il est dans la lumière en gerbe épanouie,
Dans la nuit que la lune empreint de sa pâleur,
Dans l'onde qui nourrit les prés de sa fraîcheur,
Dans les bois où l'oiseau chante sa mélodie.

XXVIII

Il est dans l'œil ardent du poëte inspiré,
Dans le regard d'azur d'une vierge timide,
Doux regard où s'unit en un rayon limpide
L'innocence, l'amour, la paix et la bonté ;
Il est dans toute chose ou voilée ou splendide,
Il est partout enfin où la vie a passé.

XXIX

Partisan convaincu de cette théorie,
J'avais pour l'appliquer un sujet excellent ;
Car tout était mystère en cet amour naissant,
Mystère très-mystère, et ma philosophie,
Le cœur aidant, se mit, sans tarder un instant,
A raisonner d'amour, malgré la jalousie.

XXX

Ce que je lis d'abord, on le pense aisément.
Que fait-on quand on aime? On rêve au doux visage,
Aux doux yeux, au beau front de cet être charmant
Pour qui l'on donnerait volontiers tout son sang;
On refait, on repeint, on embellit l'image
De cet ange qu'on vit à peine à son passage.

XXXI

Moi, je n'avais rien vu, mais j'avais deviné,
Je le croyais, du moins: c'était la même chose.
Je pris donc mes pinceaux, J'eus bientôt achevé
L'ensemble du visage, et de lis et de rose
(Je prodiguais les fleurs) largement coloré,
Et sa joue et sa lèvre en doux sourire éclose.

XXXII

J'hésitai quelque temps quand je fus aux cheveux;
Brune ou blonde, il fallait choisir entre les deux.
Une blonde est si douce, et si doux son sourire,
Lorsque ses tresses d'or frémissant au zéphyre,
Elle laisse onduler leurs longs anneaux moelleux
Sur le front incliné de l'amant qui soupire!

2

XXXIII

Mais la brune est bien belle, et bien beau son œil noir!
Sa prunelle de feu, comme un sombre miroir,
A travers ses longs cils resplendit et pétille;
Jusqu'au fond de nos cœurs elle plonge et scintille;
On dirait sur un lac argenté par le soir
Dans le fond de l'azur une étoile qui brille.

XXXIV

Quand j'eus bien réfléchi, je préférai le brun;
Aussitôt je trouvai cette teinte excellente.
Le blond, fade, à la fin deviendrait importun;
Puis, l'Allemagne est blonde, et jamais mon amante
N'aura même avec elle un cheveu de commun.
Je veux, en bon Français, une brune piquante.

XXXV

Quant à sa voix, c'était un murmure enchanteur,
Un son plus adouci que celui d'une lyre,
Que la brise du soir, dont la molle tiédeur
Sur les roseaux tremblants se promène et soupire,
A l'heure où, sa corolle expirant de langueur,
La rose se relève aux baisers du zéphyre.

XXXVI

Il me restait la taille : ayant bien mesuré,
Je crus qu'enfin j'aurais une beauté parfaite,
Si, son front sans effort par ma lèvre effleuré,
Je pouvais sur sa lèvre, en inclinant la tête,
A cette source vive à couler toute prête,
Boire à longs traits l'amour comme un vin enchanté.

XXXVII

La chose ainsi réglée, à cet ange adorable
Que venait en rêvant de créer mon amour,
Comme on le pense bien, je songeai tout le jour.
Je parlais, je priais, et sur sa bouche aimable
Je surprenais souvent un souris favorable
Dont elle paraissait me payer de retour.

XXXVIII

De temps en temps pourtant j'allais à la fenêtre,
Espérant que l'amour en secret la guidant,
Comme l'étoile aux yeux du berger qui l'attend,
J'allais à mes regards enfin la voir paraître.
Et je sentais alors, comme un jonc frémissant,
Sous un souffle inconnu frissonner tout mon être.

XXXIX

Si tout à coup, disais-je, elle allait se montrer,
Et, comme une colombe attendant son amie,
Tendre au bord de son nid sa tête épanouie ;
Si son front virginal, sous un voile léger,
Entr'ouvrant tout à coup sa verte jalousie,
Comme une fraîche fleur allait se balancer,

XL

Que dirais-je ? Avons-nous dans la parole humaine
Une phrase assez douce, un mot assez puissant ?
Sur ma lèvre tremblante et bégayant à peine,
Comme un fragile son sur un faible instrument,
Ma voix viendra mourir, et son timide accent
N'osera s'élever aux pieds de cette reine.

XLI

Je ne parlerai pas ; c'est un point décidé.
La parole est d'argent, dit un sage vanté,
Mais le silence est d'or, et l'or est préférable.
Quand je verrai sortir cette tête adorable,
Et, regardant l'azur, comme un ange exilé,
Cette vierge prier un ciel inexorable ;

XLII

D'un timide regard et la main sur le cœur,
Contemplant, suppliant cette céleste image,
Ainsi qu'un pur encens, qu'une suave odeur,
Je laisserai vers elle et vers son doux visage
En silence exhaler mes vœux pour son bonheur,
En silence monter mon cœur et mon hommage.

XLIII

Mes yeux lui parleront et sauront la toucher ;
Mieux qu'une douce voix, qu'une tendre prière,
Elle entendra les pleurs qu'elle verra couler,
Et, n'osant contrister un amour si sincère,
Elle oubliera les cieux pour pencher vers la terre
Sa tête souriante et se laisser aimer.

XLIV

O trop heureux instants ! trop heureuses journées !
Près de moi j'aurai donc une amie, une sœur,
Quand l'aube à son lever de sa vive fraîcheur
Ranimera de mai les douces matinées,
Nous irons pas à pas, le calme dans le cœur,
Sous l'ombre savourer nos heures fortunées.

XLV

Quand la nuit, de son voile enveloppant les cieux,
A se clore au sommeil invitera les yeux,
Sur la plage déserte où la lune naissante
Blanchit de ses rayons les flots silencieux,
Nous irons, éclairés par sa lueur tremblante,
Aux étoiles conter l'amour qui nous enchante.

XLVI

J'allais pousser plus loin ces rêves amoureux
Où l'heure en souriant si vite se consomme,
Et Dieu seul sait combien pouvait durer le somme
Où mon âme berçait tant de songes heureux,
Quand, soudain, les volets se partageant en deux,
Je vis enfin, je vis... hélas! c'était un homme!

1862.

II

LES DEUX FAUCHEURS

LE VIEUX.

Dieu ! que ton bras est lourd aujourd'hui ! Que ta faux
Se traîne avec lenteur ! Au-dessus des ormeaux
Dont le rideau lointain partage la prairie,
Vois le soleil lever sa tête épanouie.
Tu l'entends : Paresseux, nous dit-il, ce matin
J'ai déjà plus que vous parcouru de chemin.
N'as-tu pas honte, ami ? La journée est si belle !
L'air est si vif ! il vient nous caresser d'une aile
Qui redonne à nos nerfs tant de force et d'ardeur !
Allons ! que notre faux sur l'herbe avec vigueur
S'abatte à coups pressés.

LE JEUNE.

Ah! que je souffre! Pierre,
As-tu jamais aimé?

LE VIEUX.

Grand Dieu! j'ai trop à faire :
Ami, laissons l'amour au riche citadin;
Car pour le paysan, qui doit gagner son pain,
Tout cela me paraît bien frivole et bien fade.

LE JEUNE.

Ah! cœur et bras de fer! tu te ris d'un malade!
Chêne orgueilleux! tu n'as pour le faible roseau
Qu'un regard de pitié! Mais sur ce front si haut,
Ne sais-tu pas qu'un jour peut souffler la tempête?
Que sous l'amour aussi peut se courber ta tête,
Et tes yeux se flétrir', et tes bras s'énerver,
Ces bras que ton orgueil se plaît à nous vanter,
Ces bras si musculeux, ces bras infatigables?
Et les miens étaient-ils autrefois méprisables?
Passais-je pour un lâche? Aux jeux ou dans les champs,
Qui m'aperçut jamais traînant aux derniers rangs?
Mais depuis quatre jours dans mes veines circule
Non du sang, mais un feu qui m'échauffe, me brûle.

Ah ! Pierre, je me meurs ! Ris, si tu veux encor,
Ris, pendant que j'expire, homme sage, homme fort !
Ah ! si du moins ses pas, quand le jour baisse et tombe,
Quand il renaît, venaient se poser sur ma tombe !
Si le souffle odorant qu'exhale son beau sein
Se mêlait quelquefois aux brises du matin,
Sur la verte colline.....

LE VIEUX.

Allons, sous ce vieux chêne,
En déjeunant, veux-tu me raconter ta peine ?

LE JEUNE.

Je te suis, mais mon cœur ne veut d'autre aliment
Que sa douleur.

LE VIEUX.

Il faut distraire son tourment.

LE JEUNE.

Je veux vivre et mourir de ma seule souffrance.

LE VIEUX.

La vie est un fardeau.....

LE JEUNE.

La mort, la délivrance.

3

LE VIEUX.

A vingt ans, sans regrets, on ne saurait mourir.

LE JEUNE.

On ne saurait trop tôt de ses maux s'affranchir.

LE VIEUX.

Allons, asseyons-nous sur ce quartier de roche,
Siége antique et moussu. Viens, mon enfant, approche,
Prends place à mes côtés : cette eau, cette fraîcheur
Calmeront de ton sein la dévorante ardeur.
Déjeunons et causons sous ce toit de verdure,
Tranquilles, au doux bruit du ruisseau qui murmure.
Souvent sur cette rive, en silence étendu,
Quand le midi brûlant a partout suspendu
Le travail du faucheur, dénouant ma chaussure,
J'aime à laisser mon pied jouer dans cette eau pure
Et lutiner le flot qui chuchote en fuyant.

Prends ce pain, il est fait de la fleur du froment.
Une main prévoyante a pressé ce laitage.
Enfin, pour ranimer tes forces, ton courage,
Voici ma gourde : un vin que priserait le roi
Par la fermière exprès y fut versé pour moi :
Bonne, elle aime à gâter un serviteur antique,

Et le traite en enfant plutôt qu'en domestique.
Et maintenant veux-tu me conter ta douleur?
Sans être un philosophe, un mot consolateur
Pourrait.....

LE JEUNE.

Oh non ! jamais ; il n'est qu'une parole,
Une seule ici-bas dont le son me console.
Ecoute : si le sort la refuse à mes vœux,
En attendant la mort, écoute-moi, je veux,
En ce jour, et demain, et toujours parler d'elle,
Dire combien je l'aime et combien elle est belle.

Tu connais ce village, au pied du mont voisin,
Qui semble frais et vert se mirer au bassin
Où, jeune encor, la Seine et s'endort et s'oublie ;
C'est là : blanche, pudique et de grâce embellie,
C'est là que je la vis..... que je la vois toujours,
Son front limpide et haut, sans voile, sans atours,
Comme ce peuplier qui devant nous s'élance,
Sur le front de ses sœurs domine et se balance.
Pareille à l'épi d'or qui tombe sous la faux,
Sa chevelure ondoie et flotte en mille anneaux
Sur un cou souple, frais et blanc comme la crême.
Son œil est bleu, plus bleu que ce bel azur même

Dont le printemps colore aujourd'hui l'horizon.
Et son ris.... Ah ! quel cœur en oublierait le son !
Tu dirais la clochette harmonieuse et claire
Que porte du troupeau la brebis la plus chère.

En ce jour revenait la fête du hameau.
Là , sous les vieux tilleuls qui bordent le préau,
Mille jeux établis provoquaient notre adresse.
C'étaient des cris, des ris, échos d'une jeunesse
Qu'échauffaient à la fois le vin et ses vingt ans.
Heureux , j'accours et suis l'essaim des turbulents.
Ah! qui sait le matin ce que le soir prépare !
De ses avis le ciel ne me fut point avare,
Mais j'étais aveuglé. Trois fois je tire au sort;
Trois fois du sac fatal c'est le zéro qui sort.

Près de là se tenait , à sa banque attablée,
Une vieille au teint noir, sordide, échevelée,
Qui, de ses maigres doigts battant un jeu crasseux,
Criait : Venez, Messieurs, je montre aux amoureux
La belle de leur cœur. — Moins plaintive est l'orfraie,
Moins lugubres ses cris dont le pâtre s'effraie,
Que la voix qui sortait de ce rauque gosier.
Je ne sais pas pourquoi je voulus essayer,
Car je n'y croyais point; je m'approche, le rire
Sur les lèvres ; j'avise une carte et je tire.

— Tu ris, mon beau monsieur (ses yeux étincelants
Jusqu'à l'âme enfonçaient leurs deux rayons ardents),
Tu ris ; du cœur ! un as ! tu ris de la sorcière !
Amour non partagé ! tu ne riras plus guère ! —
Puis, de ses doigts crochus traçant un signe en l'air :
Adieu, bel amoureux ! — Adieu, suppôt d'enfer !
Et je m'enfuis. Alors violons et clarinettes
Retentissaient ; partout sur de fraîches toilettes
Souris plus frais encore, et bras entrelacés,
Et pas avec adresse unis et cadencés.
Jamais plus de gaîté n'avait en nos villages
D'un coloris plus vif animé les visages.

J'étais là, dans ces jeux brûlant de m'élancer,
Quand je la vis soudain apparaître... A danser
Bientôt elle s'apprête, et sa main blanche et fine
Fixant à ses côtés son écharpe mutine,
Elle part : moins légère est l'aile de l'oiseau,
Moins flexible est ce jonc qui s'incline sur l'eau.
Elle avance, revient, et son pas avec grâce
Au son qui la guidait, se marie et s'enlace.
Qu'elle était belle ainsi ! Que de joie et d'orgueil,
Que d'amour ingénu rayonnait dans son œil !
Ah ! j'aurais tout donné, mon sang, ma vie entière,
Tout donné sans regret pour être la poussière

3

Où se posaient ses pas! Dieux! avec quel bonheur,
Sous ses beaux pieds j'aurais senti fouler mon cœur,
Et qu'en la regardant je sentais ma pauvre âme
Goutte à goutte en mon sein se fondre à cette flamme!

LE VIEUX.

Eh bien! n'es-tu pas beau, jeune et vaillant garçon?
N'as-tu pas une vigne, un champ, une maison,
Quelques écus sonnants? Que faut-il davantage?
Qu'elle vienne à ton bras orner notre village,
Et de beaux enfants...

LE JEUNE.

       Pierre, assez déraisonné.
N'ajoute point aux maux d'un pauvre infortuné.
Voit-on le passereau plaire à la tourterelle?
Le hibou triste et lourd s'unir à l'hirondelle?
Elle est riche et moi pauvre. Ah! tu n'avais pas tort
Bohémienne d'enfer, quand tu prédis ma mort!
Levons-nous, Pierre; il faut retourner à l'ouvrage.
Tout à l'heure dix coups résonnaient au village.
Reprenons notre faux : l'ouvrier ne doit pas
Tromper le maître absent qui compte sur son bras.

                         1870.

III

A MON AMI L'ABBÉ D***

Si vous pensez à moi, que pensez-vous, très-cher?
Sans vous répondre un mot passer tout un hiver!
Et pas la moindre grippe ou la moindre migraine,
Pas même un coryza pour dorer ma fredaine.
Hélas! plus de vingt fois devant mon encrier
Je m'assis gravement, et pris plume et papier
Pour vous écrire un mot, si possible une épître;
Vingt fois, sans rien trouver, j'ai quitté mon pupitre.
Suis-je de Dieu maudit (du dieu des vers s'entend)?
Sans avoir vu l'aurore, en suis-je à mon couchant?
Sans avoir fredonné faut-il déjà me taire?
Au moins quand la cigale, au sein de la bruyère,
S'endort silencieuse, elle a de sa chanson
Du matin jusqu'au soir égayé la saison:

L'autan retrouve encor, résonnants sur la plage,
Quelques-uns des accents de son charmant ramage.
Elle a quitté la vie, au coucher d'un beau jour,
Ivre de poésie, et de chant, et d'amour.

Dors en paix, ma cigale, et que toujours la terre,
La terre où tu chantais, te soit douce et légère !

Et cependant la vie à longs flots dans mon sein
Fait circuler un sang toujours chaud, toujours sain ;
Et cependant mon pied, que ce soit mont ou plaine,
Se pose sans trembler sur la roche ou l'arène.
Oui, je suis jeune ; eh bien ! pourquoi cette torpeur
Où végète déjà mon esprit sans vigueur?
Quand je voudrais penser, pourquoi cette impuissance?
Quand je pourrais chanter, pourquoi ce long silence?

Voilà tantôt six mois qu'affranchi d'un labeur
Qu'à la fois m'imposaient le devoir et l'honneur,
Dans ces champs où s'égare et la Muse et le rêve,
J'espérais m'élancer plein d'amour et de sève.
Je voulais à mon tour, au sein de ces bosquets
Où s'abritent les vers, les pensers toujours frais,
Je voulais promener ma féconde paresse,
Causer avec la Muse en une douce ivresse,

Et tout en caressant l'or de ses blonds cheveux,
Près d'elle recueillir les mots mélodieux,
Et les pensers profonds, et la sainte ambroisie,
Dont le poëte embaume et fait sa poésie.

Hélas ! à ces bosquets rêvés avec amour
Je sens qu'il me faut dire un adieu sans retour.
Pareil à l'exilé qu'un ange inexorable
Chassait, en brandissant un glaive redoutable,
Je m'assieds, solitaire, aux portes de l'Éden.
Là, j'espère parfois qu'au céleste jardin
Quelque arôme ravi, quelque brise échappée
Viendra rendre la vie à mon âme frappée.

Vaine attente ! Le jour, sans changer mon destin,
Sans éclairer mon ciel, renaît chaque matin.
Comme une eau sans fraîcheur, sans murmure, sans ombre,
Je vois passer mes ans : rien n'en marque le nombre,
Et pas à pas, sans bruit, couleront tous mes jours,
Sans laisser ici-bas la trace de leur cours.

Ne pouvant composer, j'essaie au moins de lire :
De bons livres, qui font ou pleurer ou sourire,
D'où s'échappe une voix, comme un écho lointain,
Qui murmure à l'oreille un chant doux et serein,
Quelque page où Virgile a mis toute son âme,
Quelque récit d'Homère où rayonne la flamme,

Qu'on a relu vingt fois, qu'on veut relire encor,
Comme un vin généreux qu'on savoure dans l'or,
Voilà, mon cher ami, si je ne suis poëte,
Les biens que j'ai du moins pour orner ma retraite.

Le soir, au coin du feu, les pieds sur mes chenets,
Quand les devoirs du jour sont remplis et parfaits,
Près de mon fils qui dort, près de sa jeune mère,
Qui travaille et sourit en regardant le père,
La porte bien fermée au vent, aux indiscrets,
Je prends mes vieux auteurs, bons amis toujours prêts,
Causeurs des plus charmants pour qui sait les entendre.
De ces feuillets s'exhale un parfum doux et tendre :
Toute ma vie est là ; je la sens, je la vois
Dans ces mots qu'a tracés mon crayon autrefois.
Je revis tous ces jours, ces beaux jours de jeunesse,
Si remplis de travail, si charmants d'allégresse.
Ce mot, je l'écrivis quand j'étais près de vous,
Quand nos jours se passaient en entretiens si fous;
Et je m'y vois encor, assis sur la couchette,
Qui, deux chaises aidant, meublait votre chambrette;
Entre deux gais propos je reprends ce café
Sous vos yeux attentifs doctement préparé.
De ce bienheureux temps avez-vous souvenance?
Je ne vous écris pas, mais bien souvent j'y pense,

Et je ne lis jamais sans qu'un tel souvenir
Sur mes feuillets ne passe, ainsi qu'un frais zéphyr.

Vous voyez, mon ami, ce qu'est mon existence :
Du calme, de la paix, de l'ombre et du silence,
Voilà le thym secret dont se nourrit mon cœur
Et dont il sait tirer le miel de son bonheur.
J'ai, pour le partager, ce qu'il faut à toute âme :
Deux moitiés de moi-même : un enfant, une femme,
Tous deux aimants, aimés, simples et bons tous deux :
Ma ruche n'est pas grande et contient trois heureux.
Voici bientôt venir avril au doux sourire :
Un soleil plus bénin recommence à nous luire,
Et les monts dont se borde un horizon lointain
Dessinent leurs contours dans un ciel plus serein.
Le buisson du sentier prépare sa parure.
Quelques pinsons déjà, devançant la verdure,
Se hâtent de suspendre aux rameaux nus encor
Le nid où doit dormir leur frêle et doux trésor.
Encore quelques jours, et sur cette colline,
Où dans sa libre enfance a rêvé Lamartine,
Pleins de son souvenir nous irons nous asseoir
Pour goûter la fraîcheur du printemps et du soir;
Ou quelquefois au bruit d'un pied vif et sonore,
Dès l'aube réveillant l'écho muet encore,

Nous marcherons cachés dans ces chemins secrets
Où le frêne et l'ormeau se recourbent en dais.
Vous ne connaissez pas ces charmantes retraites,
Abris sombres et frais, tout peuplés de fauvettes,
Que l'ombre et le zéphyr ont choisis pour séjour :
Vous pouvez y marcher même au plus chaud du jour,
Il n'est rayon qui vienne en percer la verdure ;
Tout y paraît mystère et parfums et murmure ;
Enfin figurez-vous quelque grand parc anglais
Dont la seule nature aurait fait tous les frais.
C'est là que je voudrais, ainsi qu'une hirondelle,
Voir un matin de mai se diriger votre aile.
Dans ce vaste horizon qu'éclairent de beaux cieux,
Tout se trouve à souhait pour le plaisir des yeux.
Puis nous aurions encor de longues causeries,
Et pour les dérouler à l'aise ces prairies
Où Virgile eût aimé s'égarer et dormir :
Qu'en dites-vous, très-cher? Voulez-vous pas venir?

1870.

IV

A MON AMI L'ABBÉ D***

Pour le jour de son ordination.

Comme au sein d'un vallon, sous l'ombre et le mystère,
Un pâtre, pour dresser sa tente solitaire,
Choisit le plus charmant, le plus frais des abris ;
Ainsi de tes vertus, de ta candeur épris,
Le Seigneur, entre mille, a fait choix de ton âme,
Et, de tout autre amour l'épurant à sa flamme,
Voulut, dans cet asile aussi chaste que doux,
Comme en un sanctuaire, habiter parmi nous.
Serviteur éternel du plus tendre des maîtres,
Vêtu, comme Aaron, de l'aube de ses prêtres,
Tu vas, sur ses autels, offrir le pain sacré,
Comme Melchisedech au vallon de Mambré.
Ta parole si faible, ineffable mystère !
Au Dieu qui se créa pour escabeau la terre,

4

Va, c'est lui qui le veut, désormais commander.
Lui-même, dans ta main, se laissera porter,
Ta main que son pontife a, d'une huile sacrée,
Pour ce grand ministère, à jamais consacrée.
Au seul son de ta voix, empressé d'accourir,
Il va, chaque matin, quitter, pour t'obéir,
De ses palais d'azur la splendeur éternelle,
Et, du pain revêtant l'apparence mortelle,
Pour ne pas éblouir nos trop faibles regards,
Recouvrir sa splendeur perçant de toutes parts.
Au timide orphelin que le monde délaisse,
Et qui mouille de pleurs le pain de sa détresse,
Comme un père, un appui, comme un consolateur,
Tu donneras ce Dieu qui connut la douleur,
Et par tous les sentiers où rampe la misère,
Lui-même, le premier, a marché comme un frère.
Au riche qui l'implore et veut de son bonheur
Assurer par ses vœux l'éphémère splendeur,
Tu rediras ce Dieu, sa droite sans mesure,
Epandant ses bienfaits sur toute la nature;
Sa justice aux plus grands préférant les plus doux,
Et sa bonté toujours prête à faire pour nous,
Comme un maître clément qui double les salaires,
Cent fois ce qu'on a fait au dernier de ses frères.
Laisse mon hymne au tien s'unir en ce beau jour;

Et pour le célébrer retrouvant mon amour,
Laisse-moi de ce Dieu, sur ta trace fidèle,
Adorer avec toi la grandeur éternelle.
Ne crains pas que ma lyre, indocile instrument,
Ne puisse à la prière élever son accent,
Car je n'ai pas encore, abjurant ma croyance,
Brûlé sur ses autels le Dieu de mon enfance.
La foi n'a pas éteint son flambeau dans mon cœur,
Mais conduisant encor mes pas à sa lueur,
Je retourne souvent apporter mon hommage
Au Dieu qui fit si pur le ciel de mon jeune âge.
Plaçant, comme autrefois, mon espérance en lui,
Si j'ai douté jamais, je veux croire aujourd'hui ;
Car j'ai vu dans mon rêve, ainsi que le prophète,
Son ange, en souriant, passer près de ma tête,
Et, de son aile d'or, laisser, avec la foi,
Tomber la paix, l'amour et le bonheur sur moi.
Pourquoi serais-je ingrat? A ce Dieu de mes pères,
Dont l'indulgente main fait mes jours si prospères,
Pourquoi refuserais-je et les vœux et l'encens
Qu'au pied de ses autels offraient mes premiers ans?
Si je n'ai pu gravir, comme toi, la montagne
Où te parla le Dieu dont l'esprit t'accompagne,
Au pied du Sinaï si je suis demeuré,
N'osant, comme l'Hébreu, vers le sommet sacré,

Au travers des éclairs, porter mon pied timide,
Je veux toujours, de loin, te prenant pour mon guide,
Et ton cœur doux et bon ne me laissera pas,
Vers ce maître conduire et diriger mes pas,
Comme on voit sur les mers une faible nacelle
Suivre d'un fier vaisseau la rapide et grande aile,
Et dans les longs sillons creusés par le géant
Sur les flots entrouverts voguant plus aisément,
Atteindre avec ce guide au terme du voyage
Et toucher avec lui les sables du rivage.

1861.

V

En suivant le cercueil où, la paupière close,
Pour son dernier sommeil Lamartine repose,
Près du pauvre attendri qui contait ses bienfaits,
Je songeais à la gloire, au néant, et disais :
Ainsi, dans notre ciel tout astre doit s'éteindre;
Ainsi, qu'un nom fameux se fasse aimer ou craindre,
Après un peu de bruit, tout doit en venir là.
Ce qui vécut dans l'ombre, au jour ce qui brilla,
Talent, vertu, renom, grandeur, puissance humaine,
Tout a son terme là : quatre planches de chêne.

1869.

VI

LAMARTINE

Ainsi qu'un antique prophète
D'ans et de gloire couronné,
Lorsque, penchant sa noble tête,
Au Dieu qui nous l'avait donné
S'en fut retourné le poëte ;

Un immense cri de douleur
Retentit sur toutes les rives,
Et déplorant notre malheur,
L'écho, de mille voix plaintives,
Répéta le lugubre chœur.

Ainsi gémirent dans la Thrace
Les pins sur le sommet sacré ;
Ainsi les lauriers du Parnasse,

Après qu'Orphée eût expiré,
Victime d'une folle audace.

C'est que, pour tout homme, la mort
N'est pas l'oubli ni le silence ;
Vainement a frappé le sort :
Voyez! de son tombeau s'élance
Le grand homme plus grand, plus fort.

Tandis qu'il monte au Capitole,
Il se peut qu'un vil envieux
Dans sa rage impuissante et folle,
Suivant ses pas victorieux,
Par le blasphème se console.

Mais lorsqu'au cercueil étendu
Il dort, autour de lui s'apaise
L'insulteur enfin confondu.
Il faut que l'outrage se taise,
Que le vrai soit seul entendu.

Eh bien ! gloire à toi, Lamartine !
Toi qui, levant avec honneur
Ton fro. que la gloire illumine,
D'un .a.d génie et d'un grand cœur
Fis v.ir l'alliance divine.

Pareil au souffle des hivers,
Le doute avait glacé les âmes;
C'est toi sur les autels déserts
Qui ravivas les saintes flammes
Aux feux épurés de tes vers.

Plus doux que le tiède zéphyre,
Que la brise au bord du ruisseau,
Que les chants qu'en été soupire,
En se balançant, le roseau,
Plus doux fut le son de la lyre.

Jamais dans ces lieux où d'azur
Un printemps sans fin se colore,
Où, sous un abri frais et sûr,
La blanche colombe, à l'aurore,
Se mire en un flot toujours pur;

Jamais une lèvre ionienne
N'eut d'accents plus harmonieux;
Jamais aucune bouche humaine
N'eut de mots plus mélodieux,
O Lamartine, que la tienne.

Ainsi qu'au retour du matin,
Si quelque voix fraîche et vermeille
Soudain frappe le pèlerin,

Joyeux, en chantant il s'éveille,
En chantant reprend son chemin ;

Ainsi lorsque, jeune inconnue,
Ta muse à son luth inspiré
Mariant sa voix ingénue,
Sous un rhythme encore ignoré
Vint réveiller la France émue ;

Aussitôt volèrent à toi
Les cœurs d'une jeunesse fière ;
Toute âme docile à ta loi
Marcha sous ta noble bannière,
Et toute la France eut ta foi.

Puis, lorsqu'en ta verte vieillesse,
Cédant au sommeil éternel,
Ta belle paupière s'abaisse,
Il faut qu'en un bronze immortel
Ton image à nos yeux renaisse [1] :

Le regard au ciel élevé,
Les doigts appuyés sur la lyre,
Le sein doucement soulevé,

[1] Il était alors grandement question d'élever à Lamartine,
dans sa ville natale, une statue qu'il attend encore.

Et laissant au Dieu qui l'inspire
Monter le chant qu'elle a rêvé.

C'est que toujours l'homme vénère
Ce qui fut généreux et grand ;
C'est que rien n'est plus populaire
Qu'un nom de génie éclatant,
Porté par un beau caractère.

Voilà, jeunes gens, la leçon
Que son image doit redire ;
Quand vous contemplerez son front,
Ses yeux qui semblent vous sourire,
A vous qui répétez son nom ;

Songez que sous cette poitrine
Battit toujours un noble cœur ;
Qu'en ces temps où tout est ruine
Il sut conserver sa grandeur,
Sans que la tempête l'incline ;

Songez, en relisant ses vers,
A ce qui fait vivre un poëte,
Ce qui fait que cinquante hivers
Ont en vain passé sur sa tête
Et sur ses lauriers toujours verts.

1869.

VII

Oui, de mon beau vallon je chéris le silence,
L'arbre qui sur mon front lentement se balance,
Et sur le blanc feuillet que retourne ma main
Laisse au gré du zéphyr luire un jour incertain.
Dans ce vallon charmant, où la Seine naissante
Déroule avec lenteur son onde murmurante,
Je connais sous le saule un bord silencieux :
Le frais en est plus vif, et plus harmonieux
Le murmure des joncs. Ma promenade errante
Préfère aux champs, aux bois, cette rive charmante,
Et, comme moi, les dieux, s'ils voyageaient encor,
Aimeraient cette eau pure et son beau sable d'or.
Là, mollement couché sur la mousse fleurie,
Je laisse par les bois errer ma rêverie,
Et courir mon esprit, volage papillon,
Qui va de fleur en fleur recueillir sa moisson.

Quelquefois de Chénier méditant les idylles,
Je crois voir de ses dieux les riantes familles
Renaître et se mouvoir à son vers enchanteur,
Et l'esprit ébloui par une douce erreur,
Il me semble, insensé, qu'une nymphe ingénue,
Dont l'écharpe trahit la blanche épaule nue,
M'appelle. Sur ses pas aussitôt m'empressant,
J'entoure son beau corps de mon bras caressant.
Nous partons, échangeant de bruyantes paroles ;
Nous rions, nous causons : de nos propos frivoles
Nous allons réveiller le satyre endormi,
Favori de Bacchus, qui, rêvant à demi,
Oubliant que la veille il l'a tout épuisée,
Soulève en vain son urne à ses pieds renversée.
Il gémit, pauvre dieu, comme un simple mortel,
Et nous sourions, nous, couple heureux et cruel,
Et nous passons, toujours emportés par ce songe
Qui me berce l'esprit de son riant mensonge.
Nous revoyons Tempé, Tempé pour qui les dieux
Abandonnent souvent le nectar et les cieux ;
Douce et fraîche vallée, où l'aimable Zéphyre
Sur un trône de rose a fondé son empire ;
Où le printemps sourit d'un sourire éternel ;
Où le pampre, paré d'un feuillage immortel,
S'embellit à la fois de fleurs et de vendange ;

Où la viorne flexible en guirlandes s'arrange
Et pend, voile odorant, aux branches de l'ormeau.
Lasse de séjourner au fond de son ruisseau,
De sa grotte parfois la naïade craintive
Sort, appelant ses sœurs à danser sur la rive ;
Leur pied, sur l'herbe molle en cadence emporté,
Bondit, et le vallon des chants de leur gaîté
S'anime, et le zéphyr, en passant, sur ses ailes
Ravit quelques accents de ces voix immortelles.
Le poëte séduit, de son luth éploré
Croit que l'hymne jaillit sous son doigt inspiré,
Lorsque, ravi, le cœur enivré d'harmonie,
Dans son âme il entend tressaillir le génie.
Mais non, c'est le zéphyr qui passe et lui redit,
Fidèle messager, les chants qu'il entendit.
Près de lui doucement il se penche, et la lyre
Au souffle de sa bouche et s'ébranle et soupire,
Et répète à demi les aimables chansons
Dont la nymphe égayait les échos des vallons.
Nous passons : dans le bois, sous la roche sonore
Qui tressaille à nos ris qu'elle redouble encore,
Nous reposons nos pas que la course alourdit.
De la mousse, des joncs, voilà le simple lit
Qui reçoit à mi-voix nos longues causeries.
De la terre, des cieux, dans ces heures chéries,

5

De lyre, de chansons, de poëtes sacrés
Egalement des dieux, des hommes vénérés,
Nous parlons ; et la nuit dans ce doux tête-à-tête
Vient surprendre à regret la nymphe et le poëte.
Et la nymphe aussitôt se relève et s'enfuit,
Plus rapide qu'un faon : elle sait que la nuit
Avec l'ombre s'accroît l'audace du satyre,
Que ce dieu pétulant, au lubrique sourire,
Traîne, s'il la surprend, dans son antre voisin
La nymphe qui résiste et se débat en vain.

Et moi, d'un long regard, d'une voix amoureuse,
Je la suis, quand repart la belle visiteuse.
Et j'oublierais la nuit, et j'oublierais le jour,
Sous le saule attendant l'heure de son retour.
Mais le soir est venu, chassant de la montagne
La bêlante brebis ; le pâtre à la campagne
Rassemble son troupeau qui marche avec lenteur,
Et je m'éveille aux cris du rustique pasteur.

Dans ces rêves, enfants d'un aimable délire,
Je consume mes jours : heureux quand sur ma lyre,
L'esprit encore ému de ces songes dorés,
J'en redis quelque chose en des vers inspirés.
Heureux si dans mes chants, simple et fidèle image,

Celle qui m'apparut reconnaît son visage,
Et souriant se dit : Je veux, je veux encor,
Sous le saule, au poëte, en un beau rêve d'or,
Apparaître ; avec lui, sur son bras appuyée,
Revoir encor les bois, les monts et la vallée.

1861.

VIII

J'aime l'étoile qui luit :
N'est-ce pas l'heure où la belle,
Quittant rubans et dentelle,
N'a pour voile que la nuit,
Et défaisant sa parure
De son petit doigt coquet,
Se livre à l'œil indiscret
Embusqué sous la verdure?

J'aime cet astre d'argent
Dont la tranquille figure
Pâlit à la voix impure
D'un fabuleux nécromant.
A son rayon diaphane,
A sa tremblante clarté,
J'aime guetter la beauté
Se baignant sous le platane.

Lorque du ruisseau voisin
Surgit sa tête folâtre,
Que sur son beau corps d'albâtre
Brillent les perles du bain,
Caché par un clair feuillage,
Je vois frissonner d'amour
Deux seins polis, faits au tour,
Charmants trésors du jeune âge.

Craintive comme le faon,
Au murmure du zéphyre,
Au son de l'eau qui soupire
Et chuchotte en s'enfuyant,
Au bruit de la feuille morte,
Qui sur son sein palpitant
Vient tomber en tournoyant,
Jouet du vent qui l'emporte,

Elle tressaille et frémit,
Le cou, l'oreille dressée,
La main prudemment baissée.
Mais bientôt elle sourit,
Et poursuivant sa toilette
D'un doigt mille fois distrait,
Elle achève, et du bosquet
A partir elle s'apprête.

Et moi, comme Endymion,
Que sa maîtresse nocturne,
Déesse un peu taciturne,
Visitait dans un rayon,
L'âme doucement émue,
Je bénis l'ombre et la nuit,
Et ce rayon qui, sans bruit,
Livra la belle à ma vue.

IX

L'autre jour, en passant sur la place, je vis
Un pauvre homme tremblant de froid sous le parvis.
Sa blouse, vieux lambeau de coton ou de toile,
Que le temps, sans pitié, de mille trous étoile ;
Son chapeau dont la paille, ouverte à tous les vents,
Laisse passer partout ses cheveux grisonnants ;
Son pantalon trop court, qu'à peine une ficelle
Lie autour de ses reins ; son pied droit qui chancelle
Dans un large sabot pour un autre creusé,
Tandis que d'un soulier le gauche était chaussé ;
Tout annonçait enfin la plus triste misère.
Je voulus, en passant, à ce malheureux frère,
D'une bonne parole, aussi d'un peu d'argent
Faire la charité : c'est pourquoi m'avançant :
Vous devez bien souffrir, car l'époque est bien dure,
Lui dis-je, pauvre vieux ; à votre âge, on endure

Si difficilement le froid de la saison !
Peut-être n'avez-vous ni foyer, ni maison,
Tenez, prenez ceci; c'est peu que je vous donne,
Mais... — Monsieur, je ne prends jamais rien de personne.
Je travaille et je vis, au hasard, en tout lieu,
Partout où me conduit la volonté de Dieu.
Je tresse des paniers; je les vends; ma journée
Aujourd'hui fut très-bonne; une seule tournée
Par la ville a suffi pour vendre mon ballot;
Rarement j'ai fini de tout vendre aussitôt.
Puis, grâce à Dieu, Monsieur, pour celui qui travaille,
Le sommeil est fort doux, même pris sur la paille.

Je regardai cet homme en silence, un instant,
Et son œil était doux, limpide et bienveillant,
Son visage serein; le son de sa voix même,
Quoique cassé, pourtant d'une douceur extrême.
Puis je passai, songeant en moi-même à ce Dieu
Qui pour faire un heureux a besoin de si peu.

1863.

X

Venez, petits enfants, venez, j'aime l'azur
De vos yeux, doux bluets dont l'éclat est si pur,
      Le rayon si limpide ;
Venez ; j'aime vos voix, naïfs échos d'un cœur
Où tout n'est que harmonie, innocence, fraîcheur
      Et sourire candide.

Venez, petits oiseaux, dans mon nid gazouiller,
De vos jeux embellir, de vos ris égayer
      L'ombre de mon feuillage ;
Venez, lis odorants ; de vos calices saints
Laissez-moi respirer les arômes divins,
      Doux parfums de votre âge.

Venez, car le poëte est l'ami des enfants,
Comme eux, aimant les fleurs, le soleil, le printemps,
      Comme eux, chose légère ;
Venez, parmi les prés nous courrons en jouant,
Frêle et charmant trésor, au poëte un instant
      Prêté par votre mère.

XI

Ainsi qu'un cep à son coteau
Ravi par une main cruelle,
Languit loin du robuste ormeau
Dont il perdit l'appui fidèle ;

Ainsi loin du brillant azur
Dont ma Bourgogne s'illumine,
Loin de cet horizon si pur
Où se découpe la colline,

Je vois lentement chaque jour,
Et chaque mois, et chaque année,
Sans m'apporter le doux retour,
Passer sur ma tête fanée.

Mon front se penche tristement,
Et mes yeux humides de larmes
Ne se promènent qu'en pleurant
Sur ces plaines pour eux sans charmes

Oh ! par cet exil et ces maux,
Que votre âme soit attendrie !
Rendez le cep à ses coteaux !
Rendez l'enfant à sa patrie !

1865.

———

XII

Ramenez-moi, disais-je, au pied de ma colline,
Au sein de ce vallon, sur qui l'ombre s'incline
Et frémit, comme un voile au souffle du zéphyr !
Que mes yeux du beau ciel qui les a vus s'ouvrir
Puissent goûter encor l'azur vif et limpide
Et contempler ces bois où tant de fois, sans guide,
J'ai promené mes pas et mes rêves d'enfant !
C'est là que du raisin, sous le pampre odorant,
Belle comme un collier fait de rubis ou d'ambre,
Se balance la grappe à qui sourit septembre ;
C'est là que, bouillonnant, la vendange à plein bord
Jaillit sous le pressoir en flots de pourpre ou d'or,
Puis, riant dans le verre et portée à la ronde,
De son jus rajeunit l'esprit qu'elle féconde.
Sur le flanc des coteaux de vignes décorés,
A travers ces sentiers du rêveur adorés,

Ma Muse, sous l'ombrage, aimait, jeune et rieuse,
Chercher au point du jour quelque rime amoureuse.
Les vers naissaient pour elle aussi doux, aussi frais,
Aussi légers d'allure et parés sans apprêts,
Que les vierges ses sœurs par elle célébrées.
Quelques fleurs aux cheveux par leurs mains enlacées,
Un nœud à la ceinture avec grâce attaché,
Un front limpide et pur, par le rêve penché,
Comme un frêle roseau dont la cime légère
Se courbe sous le poids d'une aile passagère,
Telles m'apparaissaient les vierges d'alentour,
Et tels brillaient mes vers, fils d'un naïf amour.
Hélas! de ce bonheur, tout, jusqu'à l'espérance,
A-t-il fui sans retour, ainsi qu'une apparence,
Un rêve, enfant de l'ombre, à l'aurore effacé?
Comme vers un ami, vers ce riant passé
Mon âme avec regret se retourne et s'incline,
Et je vous dis : Rendez, rendez-moi ma colline.

1866.

XIII

A MUSSET

J'aime tes vers, poëte, et l'hymne de douleur
Que la muse, une nuit, fit jaillir de ton cœur.
J'aime ces chants légers où, doux rival d'Horace,
De Mimi, de Ninon, tu nous vantes la grâce,
Et ces sixains moqueurs, où ton vers libre et franc,
Vrai fils de Mathurin, égratigne en riant.
En vain de Despréaux la muse un peu légère
Médit : sur le Parnasse, où ce maître sévère
Du bon sens et du vrai rédigea les leçons,
Tu cueillis, fraîches fleurs, tes aimables chansons.
De ce bon vieux français qu'aujourd'hui l'on dédaigne
Nous avons dans tes vers vu renaître le règne,
Toujours frais, toujours pur, ennemi des longueurs,
Elevé sans emphase et tendre sans fadeurs,

De sa seule beauté paré comme les Grâces,
Et toujours si correct, même dans ses audaces.
Dors en paix, ô Musset! sous ton saule éploré,
Sous le marbre insensible à ton nom consacré :
Tes vers mieux ciselés qu'une belle urne antique
Dans leur sein garderont ta gloire poétique.

1862.

XIV

Le diable emporte l'aquilon,
Triste enfant du triste novembre !
Lorgnant dans la voisine chambre
Un petit minois très-fripon,
J'allais cousant une amourette.
Tendres œillades, doux regards,
Baisers en l'air, signes de tête
Déjà s'échangeaient des deux parts.
On a sitôt fait de s'entendre
Quand l'âme est jeune et le cœur tendre !
Cet amour charmant et serein
Semblait une rose d'automne
Dorant sa naissante couronne
Des derniers feux de Saint-Martin.
Hélas ! sur sa pauvre corolle
La bise vint souffler trop tôt !
L'amour avec l'été s'envole
Lorsque la fenêtre se clôt.

Dans sa chambre aux regards fermée,
Ainsi qu'une craintive fleur
Aux approches de la gelée,
Ma jeune beauté s'est cachée;
Le froid aquilon lui fit peur.
A sa fenêtre abandonnée
Ce matin j'eus beau regarder,
Je n'y vis plus son doux sourire :
L'hiver l'avait fait envoler.
Voudra-t-il au prochain zéphyre
Revenir à mes yeux briller?
Hélas! tant de choses s'oublient
Dans l'espace d'un seul matin !
Les souvenirs sitôt s'enfuient
De notre pauvre cœur humain,
Que c'est vraiment une folie
De songer qu'on peut si longtemps,
Lorsque l'on est jeune et jolie,
Conserver son cœur aux absents.
Aussi quand viendra le zéphyre,
Pour d'autres verrai-je s'ouvrir
La fenêtre, et s'épanouir
Pour d'autres le charmant sourire.

1863.

6

XV

Oui, j'ai toujours aimé, quand le jour vient d'éclore,
Egarer dans les bois mon pied vif et sonore.
Il est pour le poëte, il est pour le rêveur
Cet instant plein d'amour, de charme, de fraîcheur :
Là, seul avec sa muse en un doux tête-à-tête,
L'aube de ses parfums baignant toute retraite,
Il entend les secrets que content à mi-voix
Les fleurs en s'éveillant aux grands arbres des bois,
La demoiselle au jonc redressé sur sa rive,
L'odorant serpolet à l'abeille tardive ;
Il entend même encor, du haut de sa grandeur,
Le vieux chêne au roseau parler en protecteur ;
Ou l'épaule derrière un buisson vert cachée,
Il voit l'œillet, penchant sa tête panachée,
Sourire avec orgueil à l'humble charançon ;
Tandis que, sous la feuille, un espiègle pinson,

Filant de son gosier la plus soyeuse note,
Comme un franc petit-maître, agace une linotte.
Car de chaque brin d'herbe et de chaque rameau
S'échappe un doux murmure, un frais soupir, un mot;
Charmante causerie, où, comme une glaneuse,
Attentive à grossir sa gerbe harmonieuse,
L'âme qui sait entendre au vol saisit des vers
Tout cadencés, tout prêts à parer ses concerts.

1863.

XVI

Enfants, qui jouez sur la terre,
Priez, oh ! priez pour les morts !
Priez, pour rendre plus légère
La tombe où reposent leurs corps !

Priez ! Les morts que l'on oublie
Souffrent tant au fond du cercueil !
Et dans leur humide patrie
Ils ont si froid sous leur linceul !

Priez ! A travers la verdure
Chaque soir une voix gémit :
C'est la voix des morts qui murmure,
Des morts oubliés, qui vous dit :

Enfants, qui jouez sur la terre,
Priez, oh ! priez pour les morts !
Priez, pour rendre plus légère
La tombe où reposent nos corps !

1862.

XVII

Un regard, une main serrée
Des lèvres à peine effleurée,
Quelques paroles dont l'oubli
Bientôt aura fait sa pâture,
Et voilà d'une amour si pure
Le doux mystère enseveli !
Que la terre lui soit légère
A ce pauvre petit amour !
Chaque rose ne vit qu'un jour :
C'est du sort la règle sévère.
Mais toute beauté, femme ou fleur,
Aux rayons d'une aube nouvelle
Ouvrant sa corolle ou son cœur,
Se rit de cette loi cruelle
Et renaît chaque jour plus belle.
Malgré tous vos tendres serments,
Vous renaîtrez ainsi, Madame.
Car nous ne sommes qu'au printemps :

Trop jeune est encore votre âme,
Trop plein de sève est votre cœur
Pour ne plus porter cette fleur,
Ce doux fruit qu'amour on appelle.
Ainsi qu'un rosier remontant,
Chaque jour vous fera plus belle ;
Chaque jour un amour naissant,
Comme un bouton frais et charmant,
A votre tige parfumée
Se balancera mollement.

Oui, vous serez encore aimée,
Surtout vous aimerez encor.
L'amour est un divin trésor
Dont le fond jamais ne s'épuise ;
Comme ce gousset enchanté
Jadis par un Juif possédé,
Il croît d'autant plus qu'on y puise.
Puisez, puisez à pleines mains.
De ces richesses de votre âme,
Autour de vous, sur vos voisins
Répandez l'aumône, Madame.
C'est pour briller sur les beaux fronts
Que Dieu dans l'ombre des filons,
Du rubis allume la flamme.

Rien ici-bas n'est sans dessein :
C'est pour échauffer que sa main
Met l'amour au cœur de la femme.

Aimez donc, puisque c'est la loi.
Aimez, car tout vous y convie ;
Aimez, car c'est là notre vie.
Cependant, si jamais de moi,
Quand l'esprit à rêver s'oublie,
Quelque frais et doux souvenir
A vos songes venait s'unir,
Comme un oiseau sous le feuillage
Cherchant sa retraite du soir,
Laissez, oh ! laissez cette image
Un instant près de vous s'asseoir.
Et quand à l'aurore nouvelle,
Pour prendre son vol dans les cieux,
Vous la verrez ouvrir son aile,
Suivez-la du cœur et des yeux ;
Puis, songeant combien fut sincère
Mon amour et chastes mes vœux,
Voyez si quelque téméraire
Moins aimant n'a jamais eu mieux.

1803.

XVIII

Par les prés et les bois, quand le soleil d'automne
De ses feux attiédis vient dorer la couronne
Qu'en souriant naguère aux arbres rayonnants,
Comme un voile d'hymen, suspendait le printemps ;
Par les prés et les bois guidant ma course errante,
Je me plais à marcher : sur l'herbe jaunissante,
Pas à pas, quand les cieux laissent tomber la nuit,
J'aime à revoir encor l'automne qui s'enfuit,
A goûter ces beaux soirs faits d'ombre et de lumière
Où le calme épandu sur la nature entière,
Comme un parfum suave épuré par le feu,
Laisse mon âme en paix s'élever à son Dieu.
J'aime à suivre les sons d'une cloche lointaine
Sur l'aile du zéphyr emportés dans la plaine,
Dernier hymne que l'homme adresse au Créateur,
Dernier soupir d'amour, dernier cri de son cœur.

J'aime à voir le rayon qui, tombant de la nue,
Vient éclairer l'azur, et caressant ma vue,
Comme un guide fidèle, au céleste séjour
Elève ma pensée et conduit mon amour.
Je rêve et je voudrais, sur ses brillantes ailes
Envolé comme un souffle aux sphères éternelles,
Dire un adieu suprême à ce monde trompeur
Où tout n'est que mensonge, excepté la douleur.
Et je marche, oubliant dans ma course incertaine
Que le pâtre a depuis longtemps quitté la plaine.
Mais la lune est si belle, et son éclat si pur,
Et si doux ses reflets dans le feuillage obscur !
Dieu n'a-t-il pas créé, par une loi secrète,
Le jour pour l'ouvrier, la nuit pour le poëte ?

1862.

XIX

J'ai dit à mon malheureux cœur :
Pourquoi d'une plainte éternelle
Toujours aviver ta douleur,
Toujours la rendre plus cruelle ?

Les larmes ne rachètent rien :
Souvent leur humide nuage
Nous voile notre dernier bien :
L'espérance au riant visage.

De foi, d'espérance, d'amour
Il faut nourrir notre pauvre âme ;
De ce doux foyer chaque jour
Il nous faut attiser la flamme.

Quand un laboureur inhumain
Penche, du soc de sa charrue,
La fleur qui, s'ouvrant au matin,
Buvait les perles de la nue,

La pauvrette, pour relever
Sa tête que le fer renverse,
Attend sans se désespérer
La goutte que le soir lui verse.

Imitons-la, mon triste cœur !
Cessons notre plainte éternelle.
La plainte avive la douleur
Et rend sa pointe plus cruelle.

XX

Madame, à votre front tant d'amour étincelle;
Le ciel vous fit si bonne, et si douce, et si belle;
Si tendre est le regard de vos grands yeux d'azur;
Ainsi que votre cœur, votre rire est si pur,
Qu'en vous voyant l'on doute, on hésite, l'on songe
Que, pour charmer nos yeux d'un aimable mensonge,
Peut-être descendu des célestes parvis
Quelque ange s'est caché sous vos simples habits;
Qu'oubliant qu'à son dos se balançait une aile,
Il consent à marcher ainsi qu'une mortelle.
Que vous dirai-je encor? Qu'une aimable chaleur,
Sitôt que je vous vis, fit renaître mon cœur;
Que votre doux regard m'attire et me fascine;
Qu'un charme tout puissant en secret me domine,
Quand je vois par hasard votre image passer,
Et que la nuit... enfin, que j'ose vous aimer.

Vous le savez, Madame ; à quoi bon vous écrire
Ce que mes yeux cent fois ont tâché de vous dire ?
Et pourtant je voudrais que partout une voix,
Que la fleur des vallons, que la feuille des bois,
Que l'étoile du ciel, que l'onde qui murmure,
Que le joyeux oiseau chantant dans la verdure,
Que toute chose, enfin, la nuit comme le jour,
Tout bas et près du cœur vous contât mon amour.

Juin 1863.

XXI

A MA BRUYÈRE

Pauvre bruyère, tu regrettes
La mousse et l'ombre des forêts,
Belles et sauvages retraites
Où les oiseaux de leurs secrets

Babillaient parmi la verdure ;
Où, sous les rameaux odorants,
Jouaient avec un doux murmure
Les tièdes brises du printemps.

Tu regrettes l'aile vermeille
Du papillon chamarré d'or,
Le chant de la bruyante abeille
Ardente à glaner son trésor ;

Les fraîches perles dont l'aurore,
Comme d'un collier transparent,
Paraît, quand elle vient d'éclore,
Tes fleurs d'or, de pourpre ou d'argent.

Tu regrettes ce doux rivage,
Et l'air, et le ciel, et l'azur,
Tout ce qui, charmant ton jeune âge,
Te formait un monde si pur.

Aujourd'hui ta tête se penche
Comme un front voilé de douleur,
Et de ta languissante branche,
Comme sous la bise en fureur,

Tes feuilles pâles et fanées
Tombent, tombent chaque matin,
Et les fleurs, sans vie inclinées,
N'ont plus cet éclat, ce satin,

Cette couleur tendre et moelleuse,
Ces reflets variés et doux
Qui rendaient la rose envieuse
Et le lis lui-même jaloux.

Pauvre fille de la nature,
C'est en vain que l'art impuissant
Voudrai te rendre ta parure
Et ton feuillage verdoyant;

Notre air, noirci par la fumée,
Qu'à peine perce le soleil,
Vaut-il cette brise embaumée
Qu'échauffait le rayon vermeil?

Vaut-il cette féconde haleine
Qu'au retour des chaudes saisons
Zéphyr t'apportait de la plaine,
Frémissante des plus doux sons?

Ce qu'il te faudrait, c'est la plage
Où grandissent tes jeunes sœurs;
C'est la solitude sauvage,
C'est le soleil et ses ardeurs.

Hélas! comme toi, ma bruyère,
Du sein du désert arraché,
Je sens que parmi la poussière
Se dépouille mon front penché.

Je regrette le toit rustique,
Le ruisseau, le riant clocher,
Le vallon doux et poétique
Où mon pied apprit à marcher.

Tous deux, pauvres fleurs exilées,
Nous pleurons le pays natal,
Les bois, les plaines, les vallées,
L'aube et son rayon matinal.

Tous deux, hélas! mortel et plante,
Du sol où sa main nous sema,
Le sort à son gré nous transplante;
Des bois où notre fleur germa,

Rejetés parmi la poussière,
Nous voyons tomber tristement
Cette parure printanière
Qu'avait notre front en naissant.

Tout sur cette terre est instable :
Tu ne sais où tu dois fleurir;
Et moi, par un destin semblable,
Je ne sais où je dois mourir.

1863.

XXII

Quand le soleil a fui derrière la colline,
Et qu'aux flancs du coteau la nuit rampe et s'incline,
Souvent, las de courir dans l'ombre des vallons,
Je m'assieds : du vent frais qui souffle dans les joncs
Je tâche de saisir le magique murmure.
J'entends babiller l'onde et trembler la verdure.
Comme un veilleur, j'écoute et recueille dans l'air
Le moindre son qui passe, un souffle qui se perd,
Le frôlement secret d'une aile fugitive,
Le bruit que fait la fleur en s'ouvrant sur la rive.
Ou, relevant la tête et d'un monde plus haut
Contemplant chaque soir le mystère nouveau,
J'entends passer la brise, et des forêts prochaines
Murmurer sourdement la grande voix des chênes,
Mystérieux orchestre où le merle souvent
Vient, comme un fifre aigu, jeter son sifflement,

Tandis que dans un trou quelque lointaine orfraie
Déchire l'air d'un cri dont le pâtre s'effraie.
Puis, quittant l'horizon dont je suis entouré,
Mon regard scrutateur dans l'espace azuré,
Comme une voile en mer que l'on suit du rivage,
Suit, en l'interrogeant, tous les pas du nuage.
A l'étoile qui luit, je demande comment,
Quel doigt l'a suspendue au sein du firmament,
Comme une perle au front d'une vierge candide ;
Quelle main alluma ce rayon si limpide ;
Si c'est un feu divin par lui-même nourri,
Quelque flambeau vivant par le temps rajeuni ;
Si ce lointain foyer, cette éternelle flamme
Est d'un être animé le doux regard et l'âme.
Mais du livre sacré que sa puissance écrit
Dieu dérobe aujourd'hui le sens à notre esprit.
Comme ces mots tracés par des mains étrangères
Dont le regard en vain parcourt les caractères,
Toute chose ici-bas apparaît à nos yeux,
Et nul n'en peut sonder le sens mystérieux.
Oh ! que n'étais-je au temps où quelque blanche fée,
De roses, de lumière et de rayons coiffée,
En passant, d'un sourire instruisait le rêveur !
Car tout parlait alors, l'oiseau, l'arbre, la fleur.
Ce n'était sous les cieux qu'une immense harmonie ;

Et l'homme comprenait cette voix infinie.
Son âme à ces concerts élevés du dehors
Joignait l'écho pieux de ses secrets accords.
Que n'étais-je en ces temps ! que n'étais-je poëte !
Comme un jeune lévite, à l'éternelle fête
J'aurais uni ma lyre ainsi qu'un encensoir.
A l'aurore, à la nuit, au point du jour, au soir,
J'aurais chanté ; l'amour, dans sa simple éloquence,
Sans jamais répéter, sans cesse recommence.
Mais, hélas ! aujourd'hui tout est muet : la fleur
Dans nos vallons peut-être a gardé sa couleur,
L'aurore dans les cieux vient chaque jour éclore,
Dans son lit ombragé l'onde murmure encore,
L'étoile a son rayon, le printemps son soleil,
L'oiseau gazouille encore à son joyeux réveil ;
Mais notre œil impuissant regarde sans comprendre,
Notre oreille fermée écoute sans entendre.

1863.

XXIII

ÉPITRE A M. C***

Ah ! cher Monsieur ! quelle admirable idée
Dans votre esprit d'aventure est tombée !
Votre Excellence, afin de me punir,
A Châteauroux me mit : Dieu la bénisse !
Si vous prenez cela pour un supplice,
En vérité, loin de me repentir,
Je crois que j'ai fort bien fait de faillir.
Ce que je dis est du pur Evangile ;
Vous le prouver sera chose facile.
Or, écoutez : c'est un fait accepté
Qu'il n'est séjour sur le globe habité
Plus ennuyeux, mieux tourné pour déplaire,
Plus haut perché, plus au vent exposé,
Plus froid, plus triste, enfin plus funéraire

8

Que ce Chaumont, où j'ai dix mois failli
Tomber malade et trépasser d'ennui.
Cent fois j'ai vu la Parque toute prête
A m'assommer : dans ces pays charmants,
Loin de couper, pour occire les gens,
Selon la mode, un cheveu sur la tête,
Elle décharge au beau milieu du front
Un fort grand coup d'un gros maillet de plomb.
De plus, notez : pas la moindre fillette
Ne vous sourit; car on est à Chaumont
Un peu bégueule. On aime la fleurette
Au fond de l'âme et l'amoureux péché
Tout comme ailleurs, du moins je l'imagine ;
Mais, comme on craint le voisin, la voisine,
Pour le commettre on est fort empêché.
C'est à mourir. A cette triste vie
Quand par hasard je me mets à songer,
Je crois sentir sur ma tête passer
Le souffle froid d'un vent de Sibérie.
De ce pays vous m'avez retiré,
Et par amour à Châteauroux placé.
Ah ! cher Monsieur, que je vous remercie !
Car, voyez-vous, c'est un vrai paradis
Que Châteauroux, et quand ainsi je dis,
Je l'entends bien comme il le faut entendre,

N'oubliant pas l'agrément le plus tendre,
Comme avait fait le grand Fabricateur
Quand il créa son jardin enchanteur.
J'y mets une Ève, ou plutôt je l'y trouve,
Comme autrefois écoutant le serpent,
Comme autrefois aimant le compliment
Et tout le reste. En cela je l'approuve :
C'est son destin, sa loi, son attribut.
Ne pas aimer serait une sottise,
Puisqu'elle fait (c'est Dieu qui le voulut)
Du même coup l'amour et son salut.
Aussi le sexe entend la gaillardise
A Châteauroux. Notez qu'il est joli,
Fort bien en gorge et surtout très-poli,
Simple d'atours : à quoi bon la parure
Lorsque l'on est paré par la nature ?
Ce bonnet simple entourant un beau front,
Sans ornement, sans tulle, sans guipure ;
Ce bonnet blanc, ce bonnet berrichon
Me rendra fou, comme dit la chanson.
Que volontiers, pour un bonnet semblable
On donnerait tous les chapeaux au diable,
S'il en voulait ! Ah ! Monsieur l'inspecteur,
Quel paradis ! Vous avez fait erreur !
Ou l'on me trompe, et c'est par récompense

Qu'à Châteauroux me mit votre Excellence,
Ce bon pays, où l'on trouve à gogo,
Pour soutenir et pour orner la vie,
Femme gentille et succulent gigot.
Ah! cher Monsieur, que je vous remercie!

1863.

XXIV

Quelquefois à la table où ma main d'un Homère
Feuillette lentement le modeste exemplaire,
Je deviens tout rêveur : batailles ou festins,
Naufrage ou doux retour, dieux ou faibles humains,
Rien n'attache mon âme autre part entraînée.
Au son de ces beaux vers mon oreille fermée
Chez elle n'entend plus des lèvres de Nestor
La sagesse et le miel découler à flots d'or. —
Qu'est-ce ? Une voix, un bruit de bottine légère
A passé dans la rue : adieu le vieil Homère !

1861.

XXV

Comme un parfum, comme un zéphyr
Qu'en se levant la blonde aurore
Sous ses pas fait épanouir
Au sommet des monts qu'elle dore ;

Comme un accent mystérieux
Que le soir.de sa douce haleine
Sur les rameaux harmonieux
Balance en passant dans la plaine,

Ton nom, plus doux peut-être encore,
Est venu chez moi retentir,
Et d'un temps que l'oubli dévore
Réveiller le gai souvenir.

Salut, salut à ce message
Tout embaumé, tout odorant
Des brises de ce doux rivage
Dont le destin m'a fait l'enfant

Jadis la barque voyageuse
A l'appel d'un zéphyr menteur,
Livrant sa voile ambitieuse,
Loin du port cherchait le bonheur.

Bien courte fut son odyssée,
Bien près du départ son retour ;
Aujourd'hui sa voile pliée
Au port sommeille tout le jour.

Ami, que je te porte envie !
Que je voudrais, fixant enfin
Le sort qui ballotte ma vie,
Vivre ainsi tranquille et serein,

Au pied de ces riches collines
Où, prodiguant ses plus beaux dons,
Le ciel fait des grappes divines
Jaillir le vin et les chansons !

2 janvier 1864.

XXVI

Querellant tous les jours ma muse paresseuse,
Vous voulez que je rime envers et contre tout,
Dussé-je de mes vers à sommeiller debout
Voir en tout lieu siffler l'abondance ennuyeuse.

Pour écrire, autrefois il fallait un sujet :
C'est une vérité de nos jours démontrée
Que l'esprit n'est jamais plus lucide et plus net
Qu'en marchant au hasard et sans route tracée.

Aussi fait-on merveille, et nos jeunes auteurs
Parlant *ab hoc ab hac,* comme de vieux docteurs,
Riment au jour le jour et, suivant la fortune,
Passent du blanc au noir, du soleil à la lune,

Le tout en un volume et pour un juste prix.
Avec l'aide de Dieu, ma muse est bien capable
D'accoucher un beau jour d'un poëme semblable,
Et me voilà classé parmi les beaux esprits.

En attendant, je rêve, et ne sachant que faire,
Je lis, faute de mieux, quelques pages d'Homère :
Car j'ai depuis longtemps par paresse envoyé
Pégase à l'écurie et la Muse en congé.

Je sais que je pourrais, en commençant un conte,
Dire qu'il est charmant : qu'entre tous les récits
Que le soir un trouvère au coin du feu raconte,
J'ai, pour vous égayer, pris l'un des plus gentils ;

Qu'il est tout frais traduit d'Arioste ou de Boccace ;
Que d'un page rieur il a toute la grâce,
Le parler pétulant, le sourire malin,
Le pied léger d'un sylphe et l'aile d'un lutin.

Je pourrais bien vous dire aussi que maintes belles,
Autour d'un guéridon devisant tour à tour,
Le soir en tricotant vous parleront d'amour ;
Ou peignant dans mes vers des dames peu cruelles,

Je pourrais, avec vous montant leur escalier,
Les surprendre causant avec un jeune page ;
Ou sous un capuchon d'un gentil cavalier,
Pour narguer le mari, déguisant le visage,

Je pourrais vous montrer le galant directeur
A son aise exhortant et confessant la dame,
Tandis que notre époux du zèle de sa femme
Remercie humblement et bénit le Seigneur.

Mais, lecteur, à quoi bon? Toutes ces belles choses
Sont depuis fort longtemps au grand soleil écloses.
Le style moyen âge est aujourd'hui passé,
Même quelques méchants le disent trépassé.

Amen! ainsi soit-il! Les tourelles gothiques,
Les manoirs, pont-levis, et tournois, et combats
Ont assez défrayé nos auteurs poétiques :
Je ne veux certes point déplorer leur trépas.

Quelques-uns vont chercher des sujets en Espagne,
Et croient avoir tout dit quand un amant jaloux
Peut trouver, pour la rime, un bel œil andaloux.
D'autres vont visiter la rêveuse Allemagne,

Et là, nonchalamment assis au bord du Rhin,
D'un antique château rajeunissant l'histoire,
Ils content les hauts faits de quelque palatin
Qui ne fit rien jamais que l'amour après boire.

Mais comme de ces vers le français est banni,
Et qu'on le remplaça, pour être pittoresque,
Par force mots tirés de la langue tudesque,
D'un lexique, en lisant, il faut être muni.

J'en pourrais dire autant si je me laissais faire;
Mais non, je ne veux pas de ces vieux oripeaux
Bien ou mal affubler ma muse sédentaire :
Des teintes du pays colorons nos pinceaux.

On fait l'amour en France aussi bien qu'en Espagne;
Dans nos vallons on rêve ainsi qu'en Allemagne.
Pourquoi passer les monts? Pourquoi passer le Rhin?
Nos vers vaudront-ils mieux faits en pays lointain?

C'est mon opinion : je veux rimer en France
Et chanter dans mes vers le sol qui me nourrit.
J'attends donc, en gardant un tranquille silence,
Que notre seigneur Dieu me féconde l'esprit.

XXVII

Enfant, votre sein s'arrondit
Ainsi qu'une pêche en automne,
Et comme un éclair resplendit
Votre œil qu'un cil noir environne.

Déjà sur votre joue en fleur
L'amour, cette précoce abeille,
De baisers compte avec bonheur
Cueillir une moisson vermeille.

Mais on dit qu'au seul mot d'amour,
Enfant, vous fuyez irritée,
Et que des bergers d'alentour
Jamais la voix n'est écoutée.

Chaque chose a du Créateur
Reçu, pour défendre sa vie,
Le doux bienfait d'un protecteur
Sur qui sa faiblesse s'appuie.

Sur les ormes aux bras puissants
Suspendant sa tige fragile,
La vigne se rit des autans
Et de leur courroux inutile.

Aux jours d'hiver, le faible oiseau
Trouve, quand mugit la tempête,
Dans la mousse de son berceau
L'asile qui défend sa tête.

Pourquoi, vigne aux raisins naissants,
Croître en un vallon solitaire,
Et fuir, fauvette aux doux accents,
D'un nid la mousse hospitalière?

Pourquoi toujours par un nenni
Répondre à de tendres paroles?
D'un front aussitôt rembruni
Traiter ces propos de   ivoles?

9

Celui qui, d'un pied dédaigneux,
Foule en mai la rose odorante,
Quand juin la flétrit de ses feux,
Souvent la regrette mourante.

Vous effeuillez votre printemps,
Riant de l'amour, imprudente :
Mais qui fait la prude à seize ans,
Souvent fait la coquette à trente.

1862.

XXVIII

Oui, votre œil bleu sourit comme un tendre bluet,
Dont l'étoile d'azur mêle un si doux reflet
A la blancheur des lis, à l'incarnat des roses.
Vos lèvres, pour l'amour et le plaisir écloses,.
S'entr'ouvrent avec grâce, et d'un souffle odorant
Parfument les baisers qu'y boit l'heureux amant.
Venez, l'air est si pur, le vallon si tranquille !
Le printemps aujourd'hui de tout fait un asile.
La forêt est profonde et les arbres discrets
N'oseront aux zéphyrs redire nos secrets.
Venez, la mousse en fleur nous invite, la mousse
Qui surpasse en douceur la couche la plus douce.
Comme un voile ondoyant aux splendides replis,
Elle étendra sous nous ses odorants tapis ;
Et la source sonore où votre blanc visage
Souvent en souriant contempla son image,
La source de ses flots tièdes et parfumés
Versera le tribut à vos pieds adorés.
Venez, car le printemps pour vous chanter, Madame,
Partout prend une voix ; pour vous aimer, une âme.

XXIX

Sur la pente inclinée où son flot se déroule,
Le fleuve essaie en vain de suspendre son cours ;
L'onde que le destin précipite toujours
De rivage en rivage incessamment s'écoule.

De ses bords ombragés, de son arène d'or
En vain s'enorgueillit quelque paisible rive,
En vain elle sourit à l'onde fugitive,
Le flot toujours pressé nulle part ne s'endort.

Il passe, et dans son sein, comme un cristal limpide,
Réfléchit tour à tour les saules argentés,
Et les hauts peupliers sur ses rives plantés,
Et les cieux que sillonne un nuage rapide.

Il passe et voit ses flots emportés sans retour
Tantôt se rembrunir d'une épaisse verdure,
Et tantôt rayonner des teintes dont s'azure
Un ciel éblouissant des clartés d'un beau jour.

Ainsi fuit notre vie. Heureux quand du rivage
Où de sombres rochers l'attristent si souvent,
Une vierge, un matin, passe et, nous souriant,
Réfléchit dans nos eaux son gracieux visage.

XXX

Autrefois j'avais une amie :
Pivoine était son petit nom.
Pour une rose épanouie
On eût pris son visage rond.

C'était un gentil brin de fille,
Bien faite en sa courte rondeur,
Vive et logeant sous sa mantille
Bonne âme et charitable cœur.

Son mollet, sa cheville fine
S'emmanchaient d'un pied si mignon
Qu'elle eût pu prendre pour bottine
La pantoufle de Cendrillon.

Mais la coquine était volage
Et ne savait aimer longtemps,
Véritable oiseau de passage
Émigrant à chaque printemps.

Un beau matin, ma tourterelle,
La cage ouverte, s'envola,
Et vite près d'une autre belle
Mon pauvre cœur se consola.

C'est chose fort bien inventée
Que le droit de changer souvent :
L'amour est un charmant Protée
Qui renaît en se transformant.

Aujourd'hui j'aime une brunette :
Comme un chaud rayon de soleil,
Sous sa légère gorgerette,
On voit briller son sein vermeil.

Son ardente et vive prunelle,
Sous son long voile transparent,
D'un éclat humide étincelle
Comme l'étoile au firmament.

A toutes les roses du monde
Je préfère l'or de son teint :
Aujourd'hui... Peut-être une blonde
M'en fera dire autant demain.

J'aime de la blonde à la brune
Ainsi voltiger tour à tour,
Laissant au gré de la fortune
Voguer mon cœur et mon amour.

Au bout de sa petite chaîne,
Esclave d'un œil noir ou bleu,
J'aime qu'une femme me mène :
Brune ou blonde, il m'importe peu.

1863.

XXXI

Une fleur au vallon, par l'ouragan penchée,
Triste, laissait tomber sa tête desséchée,
Et son calice d'or et de pourpre et d'azur,
Où l'abeille buvait, nectar aimable et pur,
Les perles du printemps et les pleurs de l'Aurore,
Son calice, où la sève à peine coule encore,
Par le pied du passant allait être écrasé,
Quand un doigt protecteur jusqu'à lui s'est baissé,
Et, relevant sa tige, a d'une eau fraîche et pure
Ravivé de son teint la mourante parure.
Aujourd'hui, triomphante et belle, cette fleur
De sa robe vermeille étale la splendeur :
La vierge en souriant la regarde et s'apprête
A la cueillir bientôt pour en orner sa tête.
La vie et les parfums renaissent dans son sein,
Et la mielleuse abeille, en un joyeux essaim,

Revient, comme autrefois, diligente ouvrière,
Recueillir dans ses flancs l'odorante poussière
Qu'un art, présent des cieux, transforme en un trésor
Plus doux que l'ambroisie et plus brillant que l'or.

Oh ! puissent les zéphyrs, sur leur aile légère,
Madame, jusqu'à vous porter, en se jouant,
D'une fleur que sauva votre main salutaire
Le timide parfum par vos soins renaissant.

XXXII

Rien ne parlait encor sous votre sein naissant ;
Tout en vous était jeux et sourire innocent ,
    Tout aimable caresse ;
Ainsi qu'à votre mère , aux baisers du voisin ,
Plus avare aujourd'hui , votre front enfantin
    Livrait sa blonde tresse.

Nos jeux étaient communs : vous m'appeliez ami.
Souvent , lasse d'errer , votre tête a dormi
    Sur mon cœur appuyée ;
Si parfois une larme à vos yeux scintillait
(Tout âge a ses douleurs) , cette larme séchait
    Par ma main essuyée.

Et nous courions joyeux , et dans le frais vallon
Nous chassions tour à tour l'agile papillon ,
    La verte demoiselle ,

Ou, dans le bois errant, votre main dans ma main,
L'automne, nous allions recueillir au matin
      La noisette nouvelle.

Dites-moi, de ces jours avez-vous souvenir?
De ces plaisirs si purs sentez-vous revenir
      Quelque chose en votre âme?
Le soir, quand votre bras ceint son bracelet d'or,
Oubliez-vous celui qui se rappelle encor
      Votre enfance, Madame?

XXIII

Tu languis solitaire, ô blanche tourterelle !
En vain pour t'égayer, comme toi blanche et belle,
Une vierge au front pur, au sourire serein,
T'apporte avec l'aurore et l'eau fraîche et le grain.
Vainement de sa voix caressante et légère,
Elle vient, inquiète, ardente à te complaire,
Te redire les airs, doux et simples accents
Dont sa mère autrefois berçait ses jeunes ans.
Tu languis solitaire, ô blanche tourterelle !
Tu regrettes les bois, ta compagne fidèle
Et la source sonore et le lac, doux miroir
Où ta compagne et toi vous miriez chaque soir.
« Ces murs n'ont pas d'échos ! cette cage pas d'ombre !
O murmure ! ô bosquets ! retraite douce et sombre !
Quand pourrai-je, échappée a ma triste prison,
Réveiller les échos surpris de ma chanson ?

Quand pourrai-je, parmi les détours du bocage,
Errer avec ma sœur, et sous le vert feuillage
Choisir à nos amours un nid mystérieux
Que berce du zéphyr le souffle harmonieux ? »
Ainsi devait chanter la blanche tourterelle.
Et moi comme elle seul, moi délaissé comme elle,
Je disais chaque fois, quand la vierge au matin,
Radieuse, apportait l'eau nouvelle et le grain :
« Laisse, ô charmante enfant, laisse ta tourterelle
Rejoindre dans les bois sa compagne fidèle.
C'est l'oiseau de Vénus, c'est l'oiseau de l'Amour.
Crains que ce dieu jaloux ne te punisse un jour
De retenir captif un oiseau qu'il protége :
Qu'elle aille de ses sœurs augmenter le cortége,
Aux côtés de Vénus voltiger à Paphos,
Et de sa fraîche voix égayant les échos
Conter à son amie, à l'ombre du bocage,
Les ennuis, les douleurs d'un lointain esclavage ! »

1862.

XXXIV

Chantez, enfant, chantez! votre voix est l'arôme
Et mon cœur attendri le vase qu'elle embaume.
Quand je passe, le soir, devant votre maison,
Je m'arrête : caché sous le sombre balcon,
Je m'enivre des chants que vos doigts font éclore
En courant, si légers, sur l'ivoire sonore.
Doux charme d'une voix écho d'un chaste cœur!
Victorieux attrait qui naît de la candeur,
Dont rien ne peut sonder l'ineffable mystère
Ni décrire jamais la volupté sévère!
Quand je viens, inconnu, rêver sous ce balcon
D'une enfant dont j'ignore et les traits et le nom,
Est-ce vous qui mouillez, malgré moi, ma paupière,
Et me faites, penché sur cette froide pierre,
Pleurer, du fond du cœur, sans connaître pourquoi?
Dans notre pauvre vie, est-ce donc une loi

Que de pleurer toujours sa douleur ou sa joie,
Et quel que soit le sort que le ciel nous envoie,
Heureux ou malheureux n'avons-nous que des pleurs?
Est-ce la seule langue accordée à nos cœurs?
Quoi qu'il en soit, merci, jeune enfant, pour ces larmes;
J'en aime la douceur : oui, ce n'est pas sans charmes
Que je les sens grossir et rouler dans mes yeux.
Le ciel mit dans les pleurs un don mystérieux :
C'est un bain salutaire, une sainte rosée,
Et notre âme par elle en silence arrosée,
Comme un champ que la pluie a rafraîchi l'été,
Refleurit plus puissante en sa mâle beauté.

1863.

XXXV

BERTHE

CONTE

Jadis, je ne fais que traduire
Un livre que je viens de lire,
Jadis, sous un vieil empereur,
Qui se fit clerc de la basoche,
Vivait un chevalier sans peur
Et, comme Bayard, sans reproche :
Eghinard, tel était son nom.
S'il était Français ou Teuton,
Je ne peux dire par prudence,
N'ayant son extrait de naissance.
Ce qu'on sait, c'est qu'il fut bien fait,
Civil, charmant de gentillesse,
De grâce, de délicatesse,
Et que jamais en un ballet
Ne brilla plus ferme mollet.

10

De plus, indice d'un cœur tendre,
Eghinard pensait qu'en amour
On n'a coutume que de rendre,
Et que, pour être aimé, le tour
Et le plus puissant stratagème
Est tout d'abord d'aimer soi-même.
Or, il était page à la cour,
Page de damoiselle Berthe,
Dont les yeux plus beaux que le jour
Faisaient brûler en pure perte
Au moins vingt soupirants d'amour.
C'était pas que Berthe fût fière,
Quoique fille de l'empereur,
Ou que dans son humeur altière,
Il fallut pour avoir son cœur
Etre issu de race princière;
Non, mais elle attendait; gardant
Son amour pour un digne amant.
Son père, modèle des pères;
Ne la pressait pas dans son choix.
Il donnait, quatre fois par mois,
A sa cour des jeux militaires,
Des pas d'armes et des tournois,
Afin qu'admirant le courage
De quelque intrépide jouteur,

Sa fille, en tout bien, tout honneur,
Lui fit don de son pucelage.
Comme c'était morceau de roi,
Point n'est besoin que, sur ma foi,
Je vous jure que les provinces,
Depuis le Tage jusqu'au Rhin,
Avaient envoyé tous leurs princes.
Il ne fut sire châtelain
Qui, vêtu de sa belle armure,
Monté sur son beau destrier,
N'allât tenter cette aventure.
On ne voyait que bouclier,
Lances et bannières flottantes,
Gentils pages, gentils varlets
Aux tuniques éblouissantes.
On n'entendait que virelais,
Chansons, ballades amoureuses,
Ou bien les fanfares joyeuses
Du clairon sonnant les vainqueurs.
Dieu! qu'il faisait alors bon vivre!
(J'entends pour les nobles seigneurs)
Boire, jusqu'à tomber mort-ivre,
Se battre ou chasser tout le jour,
Conter le soir propos d'amour
A l'oreille de quelque dame;

Quand on mourait, un chapelain
Qui par quatre mots de latin
Au diable escamotait votre âme :
Voilà comme alors on vivait.
Mais je reviens à mon sujet :
J'ai dit que Berthe était gentille
Et de plus excellente fille,
Que même elle avait au cerveau
Du sens plus que femme du monde.
Ne voyons-nous pas à la ronde
Tout jeune et léger damoiseau,
Pour peu qu'il ait traîné l'épée,
Reçu partout en conquérant.
Une moustache bien frisée,
Un éperon retentissant,
Un casque au panache ondoyant,
Rarement dans un gynécée,
Trouvent un cœur récalcitrant.
Berthe n'était point ainsi faite,
Et de tous ces sots préjugés
Son âme n'était point sujette.
Aucun des jouteurs couronnés,
Aucun des héros de la fête
Ne toucha son cœur virginal
Et ne la fit penser à mal.

« On peut avoir de la vaillance,
Très-bien se tenir à cheval,
Très-bien porter un coup de lance
Et pourtant être un pauvre amant,
Se disait-elle sensément.
Je veux un chevalier qui m'aime,
Me fasse la cour à moi-même,
Et prétende obtenir ma foi
Non de sa valeur, mais de moi. »
— Cependant son page fidèle,
Sans cesse attentif autour d'elle,
Au moindre signe s'empressait,
Souvent ses désirs devançait,
Et Berthe, attentive au mérite,
Disait, quand Eghinard servait,
Que rien n'était mieux ni plus vite
Fait que ce qu'Eghinard faisait.
Ajoutez un mérite rare
Pour ce pays un peu barbare :
Eghinard dansait à ravir,
Chantait, pinçait de la guitare,
Et dans ses heures de loisir
Savait ajuster quelques rimes ;
Sans composer des vers sublimes,
On peut dire qu'il excellait

A tourner un tendre sonnet.
Il faisait aussi des ballades ,
Et même il les faisait moins fades
Que tel rimailleur de nos jours.
Il n'avait besoin pour sa rime
De mettre en jeu tous les amours ;
Sans parler de mont ni d'abîme ,
Et sans rimer avec ciel pur
Un œil aussi bleu que l'azur,
Il disait ce qu'il voulait dire ,
Ce que l'amour ou le talent
Toujours au vrai poëte inspire,
Ni plus ni moins , mais franchement.
Bientôt Berthe devint rêveuse.
Notez que par tempérament
Elle était toujours très-rieuse.
Jamais de nuage à son front ,
Toujours à la lèvre un sourire ,
Le parler doux comme une lyre ,
Chantant comme un joyeux pinson ,
Fraîche comme la jeune Aurore,
Naïve comme les enfants ,
Bouton de rose près d'éclore :
Enfin c'était un vrai printemps.
Pour rendre un si doux assemblage ,

Je ne trouve que cette image.
Vraiment quoi de plus beau, lecteur,
Que ces divines matinées,
Dont mai dans sa joyeuse humeur
Veut bien égayer nos vallées.
C'est l'aurore, c'est le zéphyr;
C'est un murmure, un doux soupir;
C'est l'insecte aux ailes dorées;
C'est l'herbe où la rosée en pleurs
Scintille de mille couleurs;
C'est la forêt et sa verdure;
C'est le ciel aux blanches vapeurs;
C'est la mer au loin qui s'azure;
Enfin, lecteur, c'est le printemps.
Notre âme à ces objets charmants
Renaît et semble avec la rose
Au ciel qui tendrement sourit
Déployer sa corolle éclose.
Alors tout en nous refleurit.
Contempler cette jeune fille,
Son regard où l'éclair scintille,
C'était contempler le printemps,
C'était rajeunir de vingt ans.
Et donc Berthe devint rêveuse,
Ou bien, si l'on veut, amoureuse;

Aimer ou rêver, c'est tout un.
Je vais prouver ce que j'avance :
Trouver tout cortége importun,
Rechercher l'ombre et le silence,
Sentir dans son sein se briser
Son cœur qui ne peut respirer,
Soudain tomber en défaillance,
Tressaillir au son d'une voix,
Se taire et pleurer en silence,
Sans ordre parler quelquefois,
Vouloir quand le nuage passe,
Avec lui traverser les airs,
Avec lui voler dans l'espace
Et fuir loin de cet univers ;
Porter envie à l'hirondelle
Et désirer ceindre son aile,
Souhaiter d'être le ruisseau
Qui fuit à travers la prairie,
Et qui va baigner de son eau
Le gazon, la mousse fleurie ;
Ou comme une brise d'été
Vouloir en un tendre murmure
Par un doux écho répété
Gémir à travers la verdure,
Voilà ce que c'est que rêver :

Dites si ce n'est pas aimer ?
Il est bien vrai qu'on a beau faire,
L'amour ne se peut pas céler.
En tout on le fait éclater,
Même dans les mots qu'on veut taire.
Eghinard avait dès longtemps
Soupçonné l'amoureux mystère.
Mais il n'était pas de ces gens
Qui, pour un coup d'œil un peu tendre,
Se croient éperdument aimés.
Il pensa qu'il fallait attendre
Et voir ses soupçons confirmés
Avant de rien dire lui-même.
« N'est-ce pas une audace extrême,
Disait-il en son pauvre cœur,
De songer qu'une princesse aime
Un page, un simple serviteur ?
Cependant, comme un grand seigneur,
Ne porté-je pas sous ma veste
Bon cœur, bon esprit et le reste ?
Est-ce le rang, la qualité
Qui fait d'un amant l'excellence ? »
Mais de son esprit rassuré,
La triste et sombre défiance
Finit par prendre son congé.

Par un beau matin de septembre,
Aucuns disent que c'est le soir,
Berthe, seulette dans sa chambre,
Nattait ses cheveux au miroir.
Elle était en simple peignoir,
D'un léger cotillon vêtue ;
Comme à Perrette, on eût pu voir
Petit pied et jambe dodue.
Son corset, à peine lacé,
Laissait bondir en liberté
Deux prisonniers que Praxitèles
Autrefois eût pris pour modèles,
Plus doux, plus polis que satin,
Surpassant en blancheur l'ivoire,
Vraiment, je suis tout prêt à croire
Que l'amour de son doigt mutin,
Dans une douce et tendre ivresse,
Comme un artiste satisfait,
Ces charmants objets polissait
Et les repolissait sans cesse.
Berthe, d'une savante main,
Nattait ses beaux cheveux d'ébène.
Leur touffe ondoyante, incertaine,
Baisant avec amour son sein,
Flottait sur la plus blanche épaule

Que pour lors possédât la Gaule.
Tout à coup Eghinard entra :
Sans rien dire, devant la belle
A deux genoux il se plaça,
Puis tendrement fixa sur elle
Un long regard parlant d'amour.
La tête doucement penchée,
Une main sur le cœur posée,
De l'autre pressant tour à tour
Les bras, les genoux qu'il adore,
Tremblant, il attend son destin.
Berthe, dont la pourpre colore
Le visage frais et mutin,
Ne savait, en cette occurrence,
Que faire : ira-t-on se fâcher?
L'amour, excellent conseiller,
Proposait d'user de clémence.
Eghinard était toujours là,
Au châtiment tendant sa joue,
Sa joue où le printemps sema,
Comme un artiste qui se joue,
Toutes ses plus fraîches couleurs,
Toutes ses perles et ses fleurs.
Berthe, enfin, doucement se penche,
Et courbant son cou gracieux,

Plus légère que sur la branche
Une fauvette aux bonds joyeux,
De sa petite bouche rose
Elle baise Eghinard au front,
Et d'une lèvre à demi close
Elle murmure son pardon,
Disant : Beau chevalier, je t'aime.
Puis dans les bras de son amant,
Pâle de son bonheur extrême,
Laisse glisser son corps mourant.
La nuit pas à pas descendue,
De son ombre avait tout voilé,
Et la tourelle dans la nue
Cachait son sommet crénelé,
Quand aux baisers de son amante,
Après mille serments d'amour,
Mille promesses de retour,
S'arrachant, d'une marche lente,
Eghinard sous son toit rentra.
Combien de fois se répéta
Ce saint, ce doux pèlerinage,
Combien de fois pour ce voyage
Dans l'ombre Eghinard se glissa ?
Pour moi, je ne saurais le dire.
Mais quiconque jamais aima,

Quiconque vit dans un sourire
Un œil bleu pour lui s'égayer,
Et sentit d'une molle étreinte
Deux bras sur lui se refermer,
Puis une voix d'amour éteinte
A l'oreille lui murmurer
Ces mots d'une douceur extrême,
Mots que les séraphins eux-même
N'entendraient point sans frissonner,
Et que d'une âme qui soupire
Arrache un céleste délire,
Voilà, s'il veut se rappeler,
Celui qui pourra vous instruire.
Rien ne voit si clair qu'un jaloux.
De mauvaises langues parlèrent,
De méchants propos circulèrent,
Si bien que de ces rendez-vous
Quelque chose vint à l'oreille
Du bon, du tranquille empereur.
Sa figure devint vermeille :
Depuis longtemps cette couleur
N'avait paru sur son visage.
Il jure, il sacre et de carnage
Il veut inonder son palais
Pour laver cet infâme outrage.

Mais n'aura-t-il point de regrets?
Eh quoi! sa fille est si gentille!
Livrer à la mort tant d'attraits
Pour une pauvre peccadille!
Est-ce donc un crime d'aimer?
Surtout quand celui que l'on aime,
Par l'effet d'un mérite extrême,
Entre tous s'est fait distinguer.
Et puis, le soir à la veillée,
Qui charmera Sa Majesté,
D'ordinaire assez ennuyée?
Est-il trouvère si vanté
Jouant mieux de la mandoline?
Est-il un clerc fourré d'hermine
Qui, l'hiver, assis au foyer,
De tant d'histoires amusantes,
De chroniques terrifiantes,
Tour à tour puisse l'égayer,
Puisse tour à tour l'effrayer?
Sa voix est si mélodieuse,
Elle chante si tendrement,
Que les anges en l'entendant,
Ravis en extase amoureuse,
Délaisseraient le firmament,
Échangeant pour un couplet d'elle

L'orchestre même du bon Dieu.
Non, cette mort n'aura pas lieu ;
Ce me serait chose cruelle.
A l'amant, ainsi qu'à la belle,
Je pardonne, et du sacrement
Je veux, sans perdre un seul moment,
Qu'ils soient munis à l'instant même.
Cela fait bien peu quand on s'aime,
Et nos gens ont su s'en passer,
Mais la mode il faut observer.
Sur ce, Charlemagne en bon père,
Convoquant les deux délinquants,
Se plaint doucement, sans colère,
Qu'ils aient tant pressé cette affaire :
« Mais le Seigneur en soit loué !
Dit-il, toute cette aventure
A pris assez bonne tournure.
Et, pour dire la vérité,
Ma foi, je crois bien qu'à tout prendre
Je suis bien tombé pour mon gendre.
Je veux qu'à partir de ce jour,
Comme un prince de haut lignage,
Il soit respecté par ma cour.
Et pour former son apanage,
Je vais contre les Sarrazins

Aussitôt me mettre en campagne.
Il sera, foi de Charlemagne,
Souverain chez les Maugrebins ! »
Ainsi se passa cette affaire.
Dites-moi, pouvait-on mieux faire ?
Charlemagne, en vrai Salomon,
Ou pour dire mieux en vrai père,
Selon le cœur et la raison,
Rendit un arrêt d'indulgence,
Et tout rentra dans le silence ;
Chose qu'il est bon d'imiter.
Et donc refermant mon volume,
Mon pupitre et mon encrier,
J'essuie et je pose ma plume.

1861.

XXXVI

UNE FÊTE DE VILLAGE

I

Je voudrais, cher lecteur, aujourd'hui te conter
Ce qui m'advint naguère en un certain village.
Si ce petit récit vient un jour à tomber,
Madame, entre vos mains, ne tournez point la page :
Mon conte est très-modeste et ma muse très-sage ;
Il n'est rien qu'en tout bien l'on ne puisse écouter.

II

J'allais pour m'amuser, car c'était jour de fête,
Le binocle sur l'œil et la canne à la main,
J'allais, comme un badaud, lorgnant sur le chemin
Si je rencontrerais quelque jeune fillette
A la prunelle ardente, au visage mutin,
Dont l'âme charitable, à m'aimer toute prête,

III

Voulût bien jusqu'au soir me tenir lieu de sœur.
J'aime assez à rêver, mais à deux, cher lecteur.
Ce n'est pas tout à fait le bruit ni le silence ;
C'est mieux que l'un ou l'autre : on écoute et l'on pense ;
Les âmes tour à tour causent avec douceur,
Et le rêve de l'une à l'autre se balance,

IV

Comme un gai papillon par la brise emporté :
De son aile légère, effleurant toute chose,
Il vole par les champs où resplendit l'été ;
Il part avec l'aurore, ivre de volupté,
Et de la rose au lis et du lis à la rose
Promène jusqu'au soir sa vie à peine éclose.

V

J'aime un rêve ainsi fait. Devant moi cependant
Je voyais défiler plus d'un mollet charmant,
Dont l'aimable rondeur par la jupe trahie
Semblait d'un ciseau grec avoir reçu la vie.
Dans un étroit soulier, plus d'un pied ravissant
Sur la terre glissait avec tant d'harmonie,

VI

Que celui d'une fée eût paru sans attraits.
On peut chez un marchand acheter à grands frais
La soie et le velours, la guipure et l'hermine ;
Du satin le plus fin commander sa bottine ;
Ce qu'on n'achète pas, ce sont de tels mollets,
Un pied aussi petit, une jambe aussi fine.

VII

En ces choses, chacun juge comme il l'entend.
Il est des amateurs que séduit la parure.
Pour moi, lecteur, ce n'est pas là mon sentiment ;
C'est, il me semble, au fruit préférer la verdure,
La coquille à la noix, la monture au brillant.
Je le dis sans détour, moi, j'aime la nature.

VIII

Tout en réfléchissant ainsi sur la beauté,
Je lorgnais sur la route. Etant fort peu pressé,
Je laissais devant moi trotter dans la poussière
Le commis voyageur, toujours fort affairé,
Maint écolier faisant l'école buissonnière,
Maint clerc endimanché, maint apprenti notaire,

IX

Mainte petite fille, oiseau frais et chantant,
Toute fière déjà de sa gorge naissante,
Et que suivait la mère à l'air grave et pédant ;
Je remarquais aussi maint officier guettant,
Comme moi, jouvencelle à l'âme bienveillante.
Sans doute il en passa plus d'une ravissante,

X

Mais le malheur était qu'on arrivait trop tard.
Toutes semblaient vous dire avec un doux regard,
Avec un doux nenni : la place est occupée ;
Nos baisers sont promis... pour une autre soirée,
Peut-être.... nous verrons. Maudissant le hasard
Qui règle ainsi l'amour et notre destinée,

XI

Je poursuivais ma route, et l'enfer dans le cœur,
Je soupirais, voyant tant de vive jeunesse,
Tant d'aimable babil, de riante allégresse,
Tant de trésors cachés de grâce et de fraîcheur,
Trésors à faire envie à plus d'une duchesse,
Passer en emportant l'espoir de mon bonheur.

XII

Je les suivais longtemps du regard et de l'âme,
Comme un écho des cieux écoutant leurs chansons,
Ce timbre, cette voix, qui fait de tous les sons,
Tombés, même sans art, des lèvres d'une femme,
Un concert qui vous brûle au cœur comme une flamme ;
Puis la route tournait, puis venaient des buissons,

XIII

Je n'entendais plus rien. Enfin dans le village
J'arrive, et pour le dire, un peu désappointé,
Pestant contre le sort et pleurant mon veuvage.
Un orchestre était là jouant à grand tapage :
Deux violons mal d'accord, un vieux tambour crevé
Faisaient à leurs refrains voltiger la beauté.

XIV

Vous riez, cher lecteur, de ce concert grotesque,
Et votre main narquoise, aiguisant ses crayons,
Esquisse à toute outrance un croquis pittoresque.
Qui sait ? un Bohémien au visage mauresque,
Sur le papier peut-être étalant ses haillons,
Va paraître escorté de ses deux négrillons ;

12

XV

Ou bien d'un Tyrolien tracez-vous le costume,
Le grand chapeau pointu surmonté d'une plume,
Les noirs cheveux tombant sur un large collet,
La veste de velours qu'a fait blanchir la brume,
Les guêtres de chamois resserrant le mollet,
La musette ventrue au refrain aigrelet.

XVI

Callot n'eût pas fait mieux, ce grand peintre de diables,
Dont le hardi burin de sa verve anima
Tant d'esprits, de lutins aux mines effroyables :
Grand artiste qu'un jour la Bohême abrita,
Qui fit sous son crayon danser la zingara
Et revivre des gueux les types admirables.

XVII

Mais j'en suis bien fâché, vous êtes dans l'erreur.
C'étaient trois bons Français au visage rieur,
Bonnes gens dont le nez comme un rubis scintille ;
Dont l'œil, comme un éclair, de Bourgogne pétille,
Et dont le fier archet, sans reproche et sans peur,
Massacrait bravement quelque maigre quadrille.

XVIII

Rossini passant'là sans doute en eût frémi,
Se fût enfui, criant à l'outrage, au blasphème ;
Peut-être de dix jours en son lit n'eût dormi,
Comme par un démon de ces sons poursuivi.
Mais de chaque mortel le goût n'est pas le même :
En entendant ces gens, j'eus un plaisir extrême.

XIX

Oui, j'aimais ces refrains criant sous le violon,
Cette valse jouée à grand renfort de caisse,
Qui de terre à deux pieds enlevait la jeunesse,
Cette leste polka, ce rustique flon-flon,
Ce galop turbulent tout pimpant d'allégresse,
Où le vent soulevait plus d'un trop court jupon.

XX

Heureux les pauvres gens ! Même sur cette terre
Le ciel leur appartient : pour égayer ces cœurs
Aux modestes désirs, l'or n'est pas nécessaire.
Qu'un rayon de soleil de ses vives splendeurs
Illumine les cieux ; qu'une chanson légère
Soudain fasse là-bas monter ses airs moqueurs,

XXI

Aussitôt l'âme en fête et l'œil plein de sourire,
Ils vont de cette vie oublier les douleurs,
Et le verre à la main, dans un joyeux délire,
S'ils sont jeunes, chanter l'amour et ses douceurs,
S'ils sont vieux, raconter comme en des jours meilleurs
Ils ont de la beauté connu le tendre empire.

XXII

J'avais beau sur la joie ainsi philosopher,
Je commençais pourtant, lecteur, à m'ennuyer,
Lorsque je vis paraître une vierge candide,
Au front pur et modeste, à l'œil doux et timide,
Si frêle qu'on eût dit l'ombre d'une sylphide,
Si belle qu'aussitôt je me pris à l'aimer.

XXIII

Les Grecs, charmants conteurs aux paroles dorées,
Ont dit que près du Nil, sur des plages sacrées,
L'Aurore à son lever faisait, chaque matin,
Parler en l'éclairant une image d'airain :
Qu'à peine ses rayons des lèvres enchantées
Venaient toucher les bords, un murmure divin

XXIV

Dans les airs étonnés s'exhalait en cadence.
Ainsi de notre cœur d'ombres environné ;
Comme l'airain magique, il garde le silence ;
Il dort ainsi qu'un mort dans son linceul glacé ;
Mais qu'un regard empreint d'amour et d'innocence
Le touche, et le voilà soudain ressuscité.

XXV

Beauté, jeunesse, amour, ineffables paroles,
Mystère trois fois saint, céleste trinité,
De la fleur de la vie immortelles corolles !
Maudit soit le poëte et le vers insensé !
Maudit soit le vieillard et le cœur desséché
Qui poursuit votre nom de ses insultes folles !

XXVI

Vous seuls en ce désert faites nos jours heureux,
Vous seuls d'un peu de joie et d'un peu de lumière
Eclairez des humains les sentiers ténébreux.
Quand vous passez, soudain sourit toute la terre,
Et la nature et l'homme, oubliant leur misère,
Vous nomment à genoux leurs sauveurs et leurs dieux.

12

XXVII

Cette vierge était jeune et belle : son sourire
Aussi doux, aussi frais qu'une aurore de mai ;
Ses longs cheveux dorés voltigeaient au zéphyre,
Et sa voix, tendre écho d'une secrète lyre,
Comme un hymne sacré sur sa lèvre chantait,
Comme une douce brise au bosquet murmurait.

XXVIII

Ses yeux bleus, de candeur, d'amour et d'innocence
Parlaient à toute chose, et leur limpide azur,
Tant son âme était bonne et son cœur chaste et pur,
Semblait sur tout objet errer sans défiance.
Seulement à la voir, le cœur le plus obscur
Etait illuminé d'un rayon d'espérance.

XXIX

Le mal à son aspect n'eût point osé germer.
Ainsi qu'aux lieux sacrés, près d'une sainte image,
La lèvre ne pouvait qu'adorer et prier ;
Et l'âme, sur ses pas prosternant son hommage,
Croyait rêver du ciel en la voyant passer,
Car tout était divin dans ce chaste visage.

XXX

Je la suivis longtemps : elle avait à la main,
Pour unique parure, un bouquet de jasmin.
Que faut-il pour parer la beauté, la jeunesse ?
Ses lèvres le pressaient souvent avec tendresse :
Une fleur du bouquet tomba sur le chemin ;
Je la saisis, tremblant d'une sainte allégresse.

XXXI

C'était plus qu'un trésor, c'était un souvenir.
La nuit survint : alors partit la jeune fille.
Je ne sus pas son nom : pourquoi m'en enquérir ?
Le ciel est son pays, les anges sa famille,
Disais-je, et sur mon front cette étoile qui brille
Maintenant doit la voir en son sein revenir.

XXXII

Lecteur, voilà comment se passa mon voyage :
Dire s'il fut heureux me semble superflu.
Bien des jours ont suivi ce doux pèlerinage,
Et ce jour est le seul où mon cœur ait vécu.
Lorsque je vous disais que mon conte était sage,
Méritais-je, Madame, *oui ou non*, d'être cru ?

1862.

XXXVII

Jeune enfant, que le ciel sur ma route a placée,
Comme une coupe d'or à la lèvre épuisée
    Du pèlerin mourant,
Rien ne trouble votre âme encore à son aurore,
Rien n'attriste vos yeux, rien n'assombrit encore
    Votre front souriant.

Comme un oiseau que berce une brise odorante,
Votre naïve enfance aime, se livre et chante
    En sa jeune candeur,
Et dans les champs d'azur où son regard s'élance,
Elle laisse monter la joyeuse espérance
    D'un éternel bonheur.

Comme on voit au printemps, sur une onde aplanie,
Un beau cygne argenté fendre avec harmonie
    Le flot tranquille et pur,

Et l'aile frémissante aux brises du zéphyre,
Glisser avec amour au sein de son empire
    Aussi bleu que l'azur;

Ainsi votre jeune âme, ainsi votre pensée,
Toujours tranquille, glisse avec grâce bercée
    Au souffle du matin;
Ainsi votre nacelle, effleurant le rivage,
N'a jamais entendu gronder la sombre rage
    D'un océan lointain.

Mais l'aquilon des fleurs aime à courber la tête,
Et souvent au zéphyr une brusque tempête
    Succède sur les mers;
Ainsi, pour se venger, le sort qui nous envie
Quelquefois aux beaux jours dont s'enivre la vie
    Mêle des jours amers.

Dans cette coupe où boit notre lèvre candide,
Une main quelquefois mêle un poison perfide
    Au breuvage divin,
Et souvent un nuage, une vapeur soudaine
Voile du firmament cette clarté sereine
    Qu'il avait au matin.

Puisqu'ainsi toute chose ici-bas est instable,
Et que l'homme toujours élève sur le sable
      Son fragile bonheur,
Enfant, si de vos jours interrompant la fête
Le jaloux aquilon sur votre aimable tête
      Déchaînait sa fureur,

Songez que près de vous le ciel a mis un frère,
Et pour marcher plus calme en cette vie amère,
      En ce rude chemin,
Que votre âme s'enlace à son âme attendrie,
Que votre front penché se repose et s'appuie
      Sans crainte sur son sein,

Comme une jeune vigne aux flancs d'une colline
Dont le fragile cep avec amour s'incline
      Et s'unit à l'ormeau,
Ou comme un lierre autour du tronc puissant d'un chêne
Dont la tige grandit et s'enroule et s'enchaîne
      D'un éternel anneau.

                  1864.

XXXVIII

L'enfant vit de mensonge
En sa jeune candeur ;
Mais un matin le songe
Où son âme se plonge
Fuit avec son bonheur.

Ses riantes chimères,
Ses charmantes erreurs
S'envolent plus légères
Que la paille des aires
Sous la main des vanneurs.

Dans cette immense arène
Qui s'ouvre sous ses pas,
Il ose entrer à peine,
Et son âme incertaine
Ne se reconnaît pas.

Il pâlit, il soupire,
Et sentant qu'il se perd,
Il appelle, il désire
Quelqu'un pour le conduire
Au sein de ce désert.

C'est ainsi que naguère
Accusant le destin,
Je blasphémais la mère
Dont la main tutélaire
M'avait pris sur son sein.

L'âme triste et lassée,
Je voyais en pleurant
Ma jeunesse passée
Disparaître effacée
Comme un nuage au vent.

Comme l'eau du rivage
S'écoulaient tous mes jours,
Sans marquer leur passage,
Sans laisser à la plage
La trace de leur cours.

Je sentais mes années
Sur leur tige mourir,

Pâles, découronnées,
Pauvres fleurs moissonnées
Avant de s'entr'ouvrir.

Même au seuil de la porte
J'étais déjà tombé,
Comme la feuille morte
Que la tempête emporte
Et ravit à l'été.

Et mes tristes pensées,
Comme un vieux voyageur,
De leur route lassées
S'endormaient épuisées
Dans le fond de mon cœur.

Mais sur ma destinée
Un nouvel astre a lui :
Ma barque abandonnée
Sait que pour elle est née
Une étoile aujourd'hui.

A ma tige mourante
Un rameau jeune et frais
Joint sa sève vivante,

Sa verdure naissante
Et ses parfums discrets.

Au milieu du silence
Où je vivais plongé,
Sans que nulle espérance
Dans ma longue souffrance
M'ait jamais soulagé,

Une voix fit entendre
Un mot mystérieux,
Mot si doux et si tendre
Qu'on aurait pu le prendre
Pour un écho des cieux.

O divine parole !
Fille et mère d'amour !
Harmonieux symbole
Qui rassure et console
Deux âmes tour à tour !

O céleste harmonie !
Chaste soupir du cœur,
Ta mémoire bénie,
Par le temps rajeunie,
Sera comme la fleur

Dont la tige odorante
Renaît chaque matin
Sous l'onde bienfaisante
Qu'une vierge innocente
Lui verse de sa main.

1864.

XXXIX

Ainsi qu'une colombe à l'aurore s'élance
Et loin du nid tranquille où grandit son enfance,
Sous le dôme discret d'un bois mystérieux
Suit d'un fidèle ami le vol harmonieux ;
Qu'ainsi votre jeune âme à ma foi se confie,
Qu'ainsi votre jeune aile à la mienne s'appuie,
Et pour suivre mon vol toute prête à s'ouvrir
S'abandonne sans crainte à l'appel du zéphyr !
Voyez, ô belle enfant, ô fleur à peine éclose !
Pour embaumer les airs Dieu parfume la rose ;
Pour éclairer nos pas il allume le jour ;
Pour échauffer nos cœurs il nous donne l'amour.
Laissez-vous donc aimer, laissez, comme un doux rêve
Que la nuit livre au jour qui jamais ne l'achève,
L'espérance bercer votre candide cœur
Et dans vos yeux charmants nous peindre le bonheur !

Il n'est rien de si beau qu'une vierge qu'on aime ;
Il n'est rien de si doux quand elle aime elle-même.
Sur des bords étrangers loin de vous exilé,
J'attends, comme l'Hébreu, que le temps écoulé
Fasse lever cette aube à mes regards promise,
Cette aube où, comme un joug dont la chaîne se brise,
L'inflexible destin, relàchant sa rigueur,
Laissera près de vous enfin voler mon cœur.
Pour devancer les pas de ces heures si lentes
Et prévenir au but leurs ailes nonchalantes,
Je me laisse emporter par un rêve enchanteur
Dont le charme caresse, entretient mon erreur,
Et près de votre image où mon âme s'oublie,
J'entends de votre voix chanter la mélodie,
Et dans vos yeux si doux je relis chaque jour
Les candides secrets d'une âme sans détour.
Pour vous, comme un oiseau que défend sa charmille,
Vous qu'abrite le toit d'une chaste famille,
Et dont le frais sommeil par un ange gardé
Vous rend plus pure encore au jour qui s'est levé,
Sentez-vous quelquefois, même auprès d'une mère,
Que votre âme n'est plus aujourd'hui tout entière,
Et que, dans son exil ne vivant qu'à demi,
Il lui manque la part qu'emporta son ami ?
Dites-vous, quand, la nuit pas à pas descendue,

La lune, s'élançant des replis de la nue,
De son limpide éclat vient argenter les bois,
En regardant l'azur, dites-vous quelquefois :
« Là-bas, sous le rayon de cette vive étoile,
En ces pays lointains qu'un nuage me voile,
Il est une âme, un cœur dont chaque battement
N'est qu'un soupir d'amour, un vœu chaste et brûlant,
Un cœur où mon image éternellement belle
Se grava pour jamais d'une empreinte immortelle.
Comme un lis aux rayons du jour épanoui,
Comme un ange au regard du prophète ébloui,
J'apparus, de pudeur et de grâce embellie.
Mes yeux, où se peignait ma pensée attendrie,
Resplendissent pour lui, comme l'astre du Nord
Que l'horizon lointain voit jaillir à son bord,
Et dont le matelot sur sa nacelle errante
Suit d'un fixe regard la flamme étincelante.
Des pensers de sa vie éternel aliment,
Je suis pour tous ses pas comme un flambeau vivant,
L'animant de mon cœur, l'échauffant de ma flamme,
Je suis enfin pour lui comme une seconde âme. »
En vous-même, le soir, vous parlant à mi-voix,
O belle enfant ! ainsi dites-vous quelquefois.
Mais si d'un tel amour abjurant le partage,
Votre âme, comme l'eau qui baigne un froid rivage,

Laisse, sans s'échauffer, les rayons de l'azur
Pénétrer son cristal aussi glacé que pur,
Souffrez au moins, souffrez qu'une douce apparence
Entretienne en mon sein quelque vaine espérance,
Et comme une ombre aimable, un fantôme enchanteur,
Laissez-moi quelque temps adorer mon erreur.

1864.

XL

Lorsque je suis lentement,
En rêvant,
Les sentiers de la prairie,
Je retrouve à chaque pas
Les appas
D'une figure chérie.

Si le brumeux horizon
D'un rayon
S'illumine et se colore,
Il me semble dans ses yeux
Radieux
Voir son doux sourire éclore.

Si la joyeuse chanson
Du pinson
Retentit à mon oreille,
Je me rappelle sa voix
Qu'autrefois
J'entendis, voix sans pareille !

Si je vois s'épanouir
         Au zéphyr
Une odorante églantine,
Je songe à son teint si frais,
         A ses traits
D'une blancheur enfantine.

Si, pour se mirer dans l'eau,
         Le roseau
Gracieusement s'incline,
Je me souviens du corset
         Si coquet
Qui moule sa taille fine.

Si d'un vol harmonieux
         Et joyeux
Se balance l'hirondelle,
Je vois son pied si léger,
         Sans toucher,
Glisser plus vite qu'une aile.

Et quand l'étoile sans bruit,
         A la nuit,
S'allume calme et sereine,
Je crois dans l'ombre entrevoir

Son œil noir
Sous ses beaux cheveux d'ébène.

Mais quoique une douce erreur
    A mon cœur
En tout, partout la rappelle,
Dans les vallons ou les bois,
    Je ne vois
Rien qui soit aussi beau qu'elle.

Grâce, odorante fraîcheur
    De la fleur,
Ombre, lumière, murmure,
Pour peindre un si doux objet
    Il faudrait
Faire un choix dans la nature ;

Il manquerait même encor
    Un trésor
A ce gracieux mélange,
Et pour finir le portrait
    Il faudrait
Ajouter l'âme d'un ange.

                    1864.

XLI

Chante, petit oiseau! seul au fond des forêts,
Tes refrains amoureux n'ont pour témoins discrets
Que ta douce compagne et l'ombre de ton chêne :
Retiré sur les bords d'une fraîche fontaine,
Heureux d'un seul regard, heureux d'un seul amour,
Dans ton nid parfumé tu chantes tout le jour,
Et tes chants n'ont jamais franchi le doux empire
Embelli par les yeux que tu vois te sourire.

Quand j'écrivais ces vers pour le monde secrets,
J'étais, comme l'oiseau, seul au fond des forêts.
Car j'avais, en rêvant à votre tendre image,
Quitté l'étroit sentier qui conduit au village,
Et je les crayonnais sur le vieux tronc moussu
D'un hêtre par l'orage ou le temps abattu.
Heureux si d'un regard, d'un signe, d'un sourire,
Votre beauté candide encourage ma lyre!
Si par elle touché d'un sentiment plus doux,
Votre cœur songe à moi comme je songe à vous!

1864.

XLII

Enfant, le Seigneur vous regarde
    Et vous garde
Comme sa perle, son joyau
    Le plus beau.

Comme les pleurs dont l'aube arrose
    Une rose,
Ainsi tous ses dons les plus doux
    Sont pour vous.

A la candeur, à l'innocence
    De l'enfance,
Il ajouta, comme un rayon,
    La raison.

Il joignit à votre jeunesse
    La sagesse,
Ainsi qu'il a donné l'odeur
    A la fleur.

Il mit, comme une douce flamme,
    En votre âme,
Le don si rare de charmer
    Et d'aimer.

Son œil suit avec complaisance
    Votre enfance,
Du jour qui se lève à la nuit
    Qui s'enfuit.

A sa voix, quittant sa phalange,
    Un archange
Vient et vous berce avec amour
    Jusqu'au jour.

Près de votre innocente tête
    Il s'arrête,
Et vous contemple avec douceur,
    Jeune sœur,

Comme on regarde du rivage
    Son image
Se refléter sur le fond clair
    De la mer.

14

Pendant que votre âme sommeille,
Il vous veille,
Comme une mère son enfant
Rose et blanc.

Il vous ombrage de son aile
Immortelle,
Et de son souffle rafraîchit
Votre lit.

Si votre âme commence un rêve,
Il l'achève,
Puis vous le rend frais et vermeil,
Au réveil,

Lorsque d'une goutte choisie
D'ambroisie
Sa blanche main l'a pénétré
Et doré.

Car il sait que Dieu vous regarde
Et vous garde,
Comme sa perle, son joyau
Le plus beau.

1804.

XLIII

Voir avec vous blanchir, au printemps, l'églantier ;
Des parfums de la haie embaumer sa pensée
En suivant pas à pas son rêve et le sentier ;
Dans les prés où scintille une vive rosée
Courir ; ou quelquefois, un vieux livre à la main,
S'arrêter pour relire une page d'Homère ;
Crayonner aujourd'hui, pour l'effacer demain,
Quelque vers, fils léger d'un caprice éphémère ;
Sous le voile discret d'un ombrage odorant
Vous mener à son bras, jeune et timide épouse ;
Sans être seul, ainsi n'être pas deux pourtant ;
Vous parler à voix basse, assis sur la pelouse,
Et de vos doux regards à longs traits s'enivrer,
Tandis que le rayon d'une étoile naissante
Effleure avec amour votre tête charmante,
Voilà le rêve, enfant, que j'aime à caresser.

1864.

XLIV

Que faut-il au poëte?
Ce qu'il faut à l'oiseau
Pour orner sa retraite :
Un peu d'ombre, un écho,

Une source sonore
Au murmure enchanteur ;
Un rayon que l'aurore
Empreint de sa fraîcheur ;

Un nid sous la ramée
Bercé par le printemps,
Une compagne aimée
Pour sourire à ses chants.

Ce bonheur que je rêve
Et dont je doute encor,
J'attends pour qu'il s'achève
Des yeux noirs, un cœur d'or,

Un ange au frais sourire,
Doux, chaste, beau pour deux,
Qui va bientôt me dire :
Ami, soyons heureux!

—

1864.

XLV

Où vas-tu, gentille hirondelle,
Hôte léger que le printemps
Nous ramène toujours fidèle
Aux mêmes toits, aux mêmes champs?

Tu te plains : ton aile inquiète,
Comme un pauvre partout chassé,
Un instant à peine s'arrête
Pour reprendre son vol lassé.

La mort a frappé la chaumière
Dont la fenêtre à ton retour
Offrait son ombre hospitalière
Au nid qu'y suspendait l'amour.

Comme un jeune épi dont la tête
A peine se couronne d'or
Et que moissonne la tempête,
Impitoyable faux du sort,

La vierge si pure et si belle
Dont naguère la blanche main
Lissait les plumes de ton aile
Ou te réchauffait sur son sein ,

Cette vierge te fut ravie :
Ses yeux se fermèrent au jour,
Et maintenant aucune amie
N'accueille ton triste retour.

Si tu voulais, pauvre hirondelle ,
Ecouter ma voix en passant,
Je t'enseignerais , jeune et belle,
Une autre vierge, une autre enfant.

Au pied d'une riche colline
Où le pampre sous le raisin
Chaque automne ploie et s'incline
Pour nous verser des flots de vin ,

Il est, même au sein d'une ville ,
Ainsi qu'une oasis au désert ,
Un toit innocent et tranquille,
Une fenêtre au volet vert.

Regarde : se montrant à peine,
Un visage blanc, rose, frais,
Sourit, enchâssant dans l'ébène
Ses tendres et chastes attraits.

C'est là : que ton aile sans crainte
Se repose sur le balcon ;
Au coin de la persienne peinte
Suspends ta légère maison.

Bientôt d'une voix caressante,
Cette belle et candide enfant
T'invitera (sois confiante)
A voler sur son sein charmant.

Sur ses lèvres la bienvenue
T'accueillera comme une sœur,
Surtout si d'une voix émue
Tu dis mon nom près de son cœur.

Va donc, ô gentille hirondelle !
Et que les brises du printemps
Te ramènent toujours fidèle
Au même toit, aux mêmes champs !

1864.

XLVI

Un rendez-vous m'est par vous assigné
Devant Dieu ; mais, soit dit sans vous déplaire,
J'aimerais mieux par devant un vicaire.
Nous pourrons, grâce à votre charité,
Des yeux du cœur nous voir à la prière.

Mais, dites-moi, n'avez-vous pas songé
Que ce projet est un peu téméraire ?
A-t-on jamais, pour prier Dieu, fixé
      Un rendez-vous ?

En oraison, je me laisse distraire
Facilement : serai-je plus posé,
Si près de vous je suis agenouillé,
Même en esprit, — près de vous, belle et chère,
Chez qui la grâce et l'art se sont donné
      Un rendez-vous ?

1864.

XLVII

Ce matin, je rêvais à mon prochain bonheur :
Comme un enfant assis aux bords d'une rivière,
Je regardais couler dans un calme enchanteur
Mes jours que votre amour dorait de sa lumière ;
Rien n'en pouvait troubler le flot tranquille et pur,
Et sur le frais cristal de cette onde polie,
Où le ciel reflétait son éternel azur,
Vous me sembliez venir, par l'amour embellie,
Mirer, comme une nymphe au lever du soleil,
Vos beaux cheveux d'ébène et votre front d'albâtre,
Vos lèvres de corail et leur souris vermeil.
Mes yeux vous contemplaient d'un regard idolâtre :
Fascinés par la grâce, éblouis par l'éclat
Dont votre âme céleste autour de vous rayonne,
Ils croyaient sur ce front d'un si pur incarnat
Voir des anges briller l'immortelle couronne.

Ne sera-ce qu'un rêve, ô jeune et belle enfant !
Un fantôme léger dont la trompeuse image
Vint dans ses bras menteurs me bercer un instant
Pour aller aussitôt sur un autre rivage
Abuser les regards d'un autre malheureux ?
Me faudra-t-il demain, sur la plage déserte
Que naguère éclairait votre vol lumineux,
Revenir attristé, seul et pleurant la perte
De ce doux avenir envolé sans retour ?
Non, non, je crois en vous, car j'ai besoin de croire,
Malheureux au bonheur, vous aimant à l'amour.
Par vous s'ouvre, par vous finira mon histoire
Et sur mon livre encore intact en sa blancheur
Un seul nom se lira gravé sur chaque page,
Comme tracés déjà dans le fond de mon cœur
Vivront seuls à jamais les traits d'un seul visage.

1864.

XLVIII

O France, ô ma patrie, ô pauvre mère en deuil !
Toi qu'un Teuton voudrait clouer dans le cercueil
A côté de tes fils tombés pour te défendre,
Te voilà maintenant la tête sous la cendre,
Triste, silencieuse, en ta morne douleur,
Comme un esclave, à terre, aux pieds de ton vainqueur !
Et lui de sang, de vin gorgeant sa sombre joie,
Il insulte, le lâche, aux sanglots de sa proie.
Plus cruel que l'autour, qui sévit dans les airs,
Il rit de sa victime en dévorant ses chairs,
Puis assouvi, content, retombe sur sa couche,
La prière, ou plutôt le blasphème à la bouche.
Naguère j'appelais sur sa tête la mort ;
Aujourd'hui, c'est la vie, afin que le remord,
Afin que la vengeance et l'atteigne et l'accable,
Que je demande au Ciel pour ce vieux misérable.

Ah ! veillez sur ses jours, anges du Dieu vengeur !
Et toi, retiens, ô mort, ton souffle destructeur !
Laisse quelques instants à sa frêle vieillesse,
Quelques coupes encore à sa brutale ivresse.
Non, non, il ne faut pas (son sort serait trop beau)
Que ce vil assassin du triomphe au tombeau
Passe, en hurlant encor son hourra de victoire,
Et dorme enveloppé du manteau de sa gloire..
Comme un chêne puissant dont le rude Aquilon
Dans un jour de tempête a ravagé le tronc,
Sent au premier printemps sous sa vivante écorce
Courir, avec la sève, une nouvelle force,
Et de rameaux épais, de feuilles couronné,
Donne bientôt plus d'ombre au pasteur étonné ;
Ainsi tu renaîtras, ô France ! ô ma patrie !
Et d'un lait généreux ta mamelle remplie
Se versera plus pure à ce peuple d'enfants
Que déjà même on sent tressaillir en tes flancs.
Ils grandiront ces fils, robuste et noble race,
Et dans le sang du monstre ils laveront la trace
Que sur ton sein laissa la griffe du Germain.
Dans la Seine aujourd'hui qu'il se baigne ! Demain,
C'est nous qui franchirons ce beau Rhin qu'il réclame ;
C'est nous qui dans ses champs reporterons la flamme

Et la honte et l'effroi qui marchaient devant lui.
Que la coupe à la main il entonne aujourd'hui
Comme un cannibale ivre autour de sa victime,
Le chant qu'un vil flatteur, à prix d'argent, lui rime.
Nous, pendant cette trêve, armons nos bataillons :
Du fer qui labourait autrefois nos sillons,
Sans relâche forgeons canons, fusils, épées ;
Puis déchaînant sur lui nos masses retrempées,
Marchons, alors, marchons ! Que nos refrains vengeurs
Etonnent les échos de ses palais en pleurs !
Que sous les vieux tilleuls dont sa ville est si fière,
Peignant de leurs chevaux l'orgueilleuse crinière,
Les cuirassiers français de leur rude éperon,
Comme un bandit, enfin, marquent la Prusse au front !

1871.

XLIX

L'ALSACE

Le barbare à nos tours brisées
Fait en vain flotter ses drapeaux :
Sur nos places humiliées,
En vain piétinent ses chevaux.

Non, de ces hordes étrangères,
    Non, non, jamais,
Jamais nous ne serons les frères,
    Nous sommes Français.

La France aujourd'hui nous délaisse.
Pleurons notre sort et le sien ;
Pleurons, et que notre tristesse
Soit une menace au Prussien.

Non, de ces hordes étrangères,
    Non, non, jamais,
Jamais nous ne serons les frères,
    Nous sommes Français.

En attendant que nos entraves
Se brisent sous un bras vainqueur,
Soyons, s'il le faut, leurs esclaves,
La haine aux yeux et dans le cœur.

Non, de ces hordes étrangères,
    Non, non, jamais,
Jamais nous ne serons les frères,
    Nous sommes Français.

Qu'à leur parole, à leur sourire,
Nos filles détournent le front,
Qu'ils s'entendent partout maudire,
Qu'ils ne trouvent partout qu'affront.

Non, de ces hordes étrangères,
    Non, non, jamais,
Jamais nous ne serons les frères,
    Nous sommes Français.

Pendant qu'à nos foyers en maîtres
Ils viennent s'asseoir et manger,
Nous, aiguisons contre ces reîtres
Le glaive qui doit nous venger.

Non, de ces hordes étrangères,
    Non, non, jamais,
Jamais nous ne serons les frères,
    Nous sommes Français.

O France ! ô ma douce patrie !
Ecoute nos gémissements !
Dans nos vallons une voix crie,
La voix de tes pauvres enfants :

Non, de ces hordes étrangères,
        Non, non, jamais,
Jamais nous ne serons les frères,
        Nous sommes Français.

Ah ! que bientôt la délivrance
Revienne avec tes fiers drapeaux !
Bientôt que ce cri de vengeance
Se mêle aux pas de tes chevaux :

Mort à ces hordes étrangères !
        Non, non, jamais,
Jamais ils ne furent nos frères,
        Nous sommes Français.

                    1871.

L

TOAST AUX SUISSES

Amis, que le vin dans nos verres
Soit versé pur et pétille à plein bord ;
   Près de nous sont assis des frères,
Enfants d'un peuple et généreux et fort.
   Ils sont aujourd'hui nos convives :
Ils ont été naguère nos sauveurs ;
   Ah ! qu'à jamais dans tous les cœurs
Ce souvenir se grave en lettres vives.

Pour en fêter le serment solennel,
Buvons, buvons aux descendants de Tell.

   Vaincus par le froid, la disette,
Braves débris de plus de vingt combats,
   Sans pain, sans poudre, sans retraite,

Il vous fallait périr, pauvres soldats !
  Déjà dans sa barbare joie,
Werder croyait fouler votre cercueil ;
  La neige , comme un froid linceul ,
Semblait déjà se rouler sur sa proie...

Pour oublier un moment si cruel ,
Buvons , buvons aux descendants de Tell.

  Comme une mère , l'Helvétie
Tendit alors ses bras hospitaliers :
  « Venez , je suis votre patrie ;
Asseyez-vous , dit-elle , à mes foyers.
  Chauffez , enfants , près de ces flammes ,
Vos pauvres pieds que l'hiver a glacés ,
  Et de vos triomphes passés
Souvenez-vous pour relever vos âmes. »

Ah ! pour répondre à ce soin maternel ,
Buvons , buvons aux descendants de Tell.

  Oh ! vous qui pleureriez un frère ,
Peut-être un fils , ce fils que dans vos bras
  Vous caressez , heureuse mère ,
Songez qui l'a retiré du trépas ;

Songez qui rendit à la France
Tous ces enfants arrachés au Germain,
    Vengeurs futurs qui dans leur sein
Nous rapportaient la force et l'espérance.

De notre amour, comme un gage éternel,
Buvons, buvons aux descendants de Tell.

    La France aujourd'hui se relève.
A ce vieil arbre ébranlé par l'hiver
    La liberté rendant la sève,
Même le ceint d'un feuillage plus fier.
    Mais si jamais un téméraire
Gessler nouveau, de son bonnet doré
    Surmontant cet arbre sacré,
Voulait dicter des lois à notre terre,

Pour l'abreuver de son sang criminel,
Prêtez, prêtez-nous la flèche de Tell.

    Amis, que le vin dans nos verres
Soit versé pur et pétille à plein bord;
    Près de nous sont assis des frères,
Enfants d'un peuple et généreux et fort.
Ils sont aujourd'hui nos convives :

Ils ont été naguère nos sauveurs ;
    Ah ! qu'à jamais dans tous les cœurs
Ce souvenir se grave en lettres vives ,

Et pour sceller ce pacte fraternel ,
Buvons, buvons aux descendants de Tell.

Composé (mais non prononcé) à l'occasion du banquet
offert aux Suisses par la ville de Mâcon en 1871.

LI

LES DERNIERS MOMENTS D'UN PHARISIEN

En ces temps-là, couché sur son lit do douleurs,
Mourait, en Israël, le plus grand des docteurs.
Gigoss était son nom : pareil en sa superbe
Au cèdre qui contemple à ses pieds le brin d'herbe,
Il releva la tête, et d'un reste d'orgueil
Armant ses derniers mots et son dernier coup d'œil :
« Dieu puissant, disait-il, enfin voici l'aurore
Du beau jour que ton bras va pour moi faire éclore.
Les temps sont accomplis, et ce soir ou demain,
Près de toi je m'assieds au céleste festin.
Entre nous, tu me dois bien cela, je t'assure :
Songe un peu que pour toi je n'ai craint ni parjure,
Ni soufflet, ni bâton, ni sandale où tu sais.
Jamais ton serviteur a-t-il dit : C'est assez?
Vois, pendant quarante ans j'ai menti pour la gloire

Et j'ai, jusqu'à la lie épuisant l'écritoire,
Chaque matin, noirci les rivaux et les miens.
On dit qu'en mon printemps j'ai hanté les vauriens,
Qu'au sein de nos tribus, plein d'un beau feu civique,
J'ai naguère crié : Vive la République !
Qu'abjurant sans pudeur ces lis que tu chéris,
Ces lis, doux ornements des célestes parvis,
J'ai ceint, comme un vilain, l'écharpe tricolore.
On dit, mon doux Seigneur, bien autre chose encore,
Mais parmi les plus saints, en est-il qui n'ait pas
Dans sa jeunesse au moins fait deux ou trois faux pas?
Puis quels cuisants remords et quelle pénitence !
Et sur le dos maudit des fils de pestilence,
Quels grand coups j'ai frappés pour mon *med culpd !*
Oubliant tout, Lévi sourit et m'adopta,
Et près de ces docteurs qu'avec crainte on contemple,
Calme, je pus m'asseoir à l'ombre de ton temple,
Je le confesse, un peu méprisé des amis,
Mais craint, comme un aspic, de tous nos ennemis. »
Ainsi parla Gigoss, et sa main d'eau bénite
Aspergeant les replis de sa face hypocrite,
Il fit une grimace, un hoquet : tout fut dit.
Pour souper avec Dieu Gigoss était parti.

1871.

LII

LA COLOMBE D'ANACRÉON

LE PASSANT.

D'où viens-tu, colombe charmante ?
D'où viens-tu ? Des parfums divins
Qu'exhale ton aile odorante,
Quel ami de ses tendres mains
Te baigna, colombe charmante ?
Que fais-tu pour remplir tes jours ?

LA COLOMBE.

C'est Anacréon qui m'envoie
Près de Bathylle, ses amours,
Le plus bel enfant qui se voie,
Le plus gentil qu'on puisse aimer.
Vénus voulut bien me céder
Et me donner à ce poëte
Pour une petite chanson,

Et maintenant d'Anacréon
Je sers la tendresse inquiète,
Portant, tu le vois, chaque jour
Les messages de son amour.
Il veut, dit-il, si je suis sage,
Pour récompense m'affranchir.
Pour moi, plutôt que de partir,
Je préfère mon doux servage.
A quoi bon voler sur les monts,
Errer dans les bois, les vallons,
N'ayant d'abri que le feuillage,
De mets qu'une graine sauvage?
Maintenant je mange du pain;
Je le becquète dans la main,
La main d'Anacréon lui-même.
Le vin qu'il se verse et qu'il aime,
J'en bois dans sa coupe après lui.
Quand j'ai bu, je saute, je danse
Et dans les airs je me balance,
Agitant avec un doux bruit
Mon aile blanche autour de lui.
Le soir, sur son luth je sommeille.
Etranger, tu sais tout. Adieu;
Tu m'as fait jaser en ce lieu
Plus qu'une bavarde corneille.

16

LIII

A MON AMI D***

Ami, vous rêvez d'or ; mais votre joli songe,
Hélas ! sachez-le bien , n'est qu'un frêle mensonge,
Un souffle, une ombre vaine, un fantôme légèr
Que l'aube d'un regard dissipe à son lever.
Ce rêve, je voudrais, ainsi que vous, y croire,
Mais il vous est venu par la porte d'ivoire.
L'amour est bien crédule, et l'amitié, sa sœur,
Se ressent quelquefois de ce vice enchanteur.
Cher ami, l'autre porte est maintenant fermée :
On dit que par envie un Dieu l'a condamnée.
Je le crois : aujourd'hui tout songe est imposteur.
Insensé qui se fie à leur aspect menteur !
Mais qui rêve aujourd'hui ? De ces fils de Morphée
Quelle couche est encor dans l'ombre visitée ?

Ainsi que la colombe, ils ont fui, ne trouvant
Sur la terre où poser leur petit pied charmant.
Autrefois ils venaient de leurs ailes légères
Effleurer, doux essaim, le sommeil de nos pères,
Et comme un tendre ami, penchés sur l'oreiller,
De vierges et d'amour avec eux babiller.
Ils glissaient plus légers qu'un souffle de Zéphire,
La lèvre souriant d'un éternel sourire,
Et dans la nuit, ainsi qu'un rayon de soleil,
On voyait resplendir leur visage vermeil.
Puis, comme au bois l'oiseau sous la verte feuillée,
Cet essaim rayonnant dans l'alcôve égayée
Voltigeait, et l'esprit du dormeur, s'éveillant,
Suivait d'un œil surpris ce chœur éblouissant.
O prodige! à son dos bientôt poussait une aile,
Et ravi dans les airs, à la troupe immortelle
Il mêlait ses ébats, et, comme un vrai lutin,
Voltigeait, tournoyait, dansait jusqu'au matin.
Heureux âge! heureux temps où l'alcôve gothique,
Chaque nuit s'animait d'un songe fantastique!
On rêvait, et l'ennui sur le triste oreiller
N'eût point osé venir, comme aujourd'hui, bâiller.

LIV

Il n'est plus, ce temps où grand'mère
Disait, en souriant de nous :
« Enfants, sous les feuilles de choux
Dieu vous a mis un petit frère. »
Il n'est plus, ce temps où grand'mère,
En branlant la tête disait,
Pour répondre au doute indiscret :
« C'est pour en faire un petit ange
Que Dieu met l'enfant au berceau,
Comme pour chanter sa louange,
En son nid il place l'oiseau. »
Ne croyant pas d'abord grand'mère,
Comme notre esprit ne voyait
Qu'autrement cela se pût faire,
Toujours par croire il finissait,
Et le lendemain, dès l'aurore,
On allait voir si le Seigneur
Avait de nouveau fait éclore
Petit frère ou petite sœur.

LV

A M. X***

Comme ces voyageurs, par la dame, le soir,
Avec un mot aimable introduits au manoir,
Que la Muse, aujourd'hui, châtelaine nouvelle,
Laisse une pauvre sœur timidement s'asseoir
    A l'ombre de son aile.
Qu'à la grâce unissant un peu de charité,
Elle écoute chanter cette sœur inconnue;
    Qu'à sa voix ingénue,
A son vers dans les bois, les vallons, médité,
Elle sente son cœur doucement enchanté
Et qu'un sourire d'elle accueille cet hommage;
Un sourire est si doux sur un charmant visage !

LVI

LE BASILIC SALERNITAIN

Conte imité de Boccace.

A Mme G***

On médit beaucoup de nos dames
Et l'usage est de les blâmer ;
Je ne voudrais en tout les excuser,
    Je sais qu'elles sont femmes,
    Partant sujettes à pécher.
Comme il faut bien à l'évidence
· Se rendre, leurs accusateurs
    Sur quelques points sans importance
    Leur accordent la préséance.
Les doux regards, les attraits enchanteurs,
Le parler d'or, l'aimable nonchalance,
Et l'art divin de tourmenter les cœurs :
Voilà, selon ces moroses censeurs,

Des femmes l'unique apanage.
Constance, amour, vertu, courage,
Le reste enfin, du sexe laid,
A les entendre, est le partage,
Et s'il était aussi beau qu'il est sage,
Il serait le sexe parfait.
Autre est mon sentiment, Madame.
Il suffit de vous approcher,
De vous voir et de respirer
Les divins parfums de votre âme,
De pouvoir un instant près de vous réchauffer
Son cœur aux doux rayons de flamme
Que le vôtre laisse échapper,
Pour reconnaître que la femme
A l'homme peut au moins se comparer,
Et même sur lui l'emporter.
Mais de calme et de modestie,
De silence et d'humilité
Voilant au monde votre vie,
Pour l'amour et pour l'amitié,
Loin du bruit et loin de l'envie,
Vous laissez couler de vos jours
Le limpide et tranquille cours :
Mérite inconnu du vulgaire,
Diamant caché sous la terre,

Aimable fleur dont l'arôme charmant,
Ainsi qu'une brise légère
Avant l'aurore s'éveillant,
Ne cherche qu'à sourire et ne cherche qu'à plaire
Au petit nombre, aux élus seulement.
Pleine d'une pitié profonde
Pour les fats et les beaux parleurs,
Des sots, des fades louangeurs
Vous dédaignez trop la faconde
Pour que je laisse en vers complimenteurs
S'affadir ma Muse sincère.
Est-il pourtant, sur notre pauvre terre,
Un cœur plus pur, plus dévoué, plus fort,
Plus insensible aux caprices du sort
Que le vôtre, Madame !
Rien n'abat votre fermeté,
Rien ne trouble votre belle âme,
Et chez vous la beauté
N'est que la moindre qualité.
D'un aimable regard, d'une douce parole,
Comme un ange consolateur,
A ma Muse qui se désole
Vous rendez un peu de bonheur.
Dans cet ennui, dans ce morne silence
Où je laissais tristement dépérir

Ma jeunesse et mon espérance,
Un doux écho vint tressaillir,
Et votre voix éveillant ma retraite
A fait, par ses tendres accents,
De mes jours tristes, languissants,
Presque des jours de fête.
Vous voulez, dites-vous, que ma lèvre ose encor,
Rompant le noir silence où ma lyre s'oublie,
De ce langage d'or
Que les mortels ont nommé poésie,
Essayer les rhythmes divins.
Vous le savez : obéir est ma joie
Et pour moi le plus doux entre tous les destins
Quand c'est votre main qui m'envoie,
Votre bouche qui m'a dicté
Vos ordres, votre volonté.
J'essaierai donc : mais sur ma pauvre lyre,
Poëte obscur, que chanter ? que redire ?
Depuis longtemps mon cœur s'est endormi,
Oubliant dans un triste ennui
Les chants aux sonores cadences,
Qui naguère, joyeux oiseaux,
Dans un ciel peuplé d'espérances
Laissaient envoler leurs échos.

Ces jours passés, je lus dans un vieux livre
Où maint poëte est venu s'inspirer,
　　Maint amoureux rêver,
Et dans lequel le cœur apprend à vivre
En apprenant comment il faut aimer.
Puis je songeai (car il faut bien qu'on songe
Lorsqu'on est seul, dans son lit, réveillé),
　　Fermant le volume doré,
Je songeai donc qu'autrefois le mensonge,
La tromperie et l'infidélité
　　Étaient, quoi que l'on en publie,
Aussi communs qu'en ce siècle d'airain.
　　　C'est le destin.
Mais dans ce livre, enfant de l'Italie,
Où s'égayait un conteur florentin,
On voit parfois, comme à la dérobée,
Sous un sourire une larme jaillir,
Aussitôt vue, aussitôt essuyée,
Goutte du ciel, à l'aurore tombée,
Qu'en se levant dessèche le zéphyr.
　　Une de ces larmes divines
Dont se mouillaient les pages florentines,
Comme une perle, un nectar embaumé,
　　Par moi fut alors recueillie.
　　Dans ce vase qu'a ciselé

La blanche main de ma muse attendrie,
  Laissez, laissez-moi, doux présent,
  Vous offrir cette pauvre larme :
  Ce qui vient du cœur, aisément
  Y retourne, aisément le charme.

  A Messine vivait jadis
  Une sœur avec ses trois frères.
Sous même toit s'abritait un commis
  Pour les aider dans leurs affaires.
  Car ces frères étaient marchands.
Le ciel daigna bénir leurs entreprises :
  Sachant attirer les chalands,
  Vendant fort bien leurs marchandises,
  Ils voyaient entrer tous les ans
Dans leur coffret force écus bien sonnants.
  Tout en ayant l'œil aux affaires,
Notre Isabeau (c'est le nom de la sœur)
Trouva le temps de songer en son cœur
Au doux parler, aux gentilles manières,
Aux beaux yeux bleus, au teint frais et charmant
    De leur commis Laurent.
  Gardant ses remarques pour elle,
  Tout le jour, puis la nuit bientôt
  Dans son lit notre jouvencelle
  Rêvait au joli jouvenceau.

De fait, c'était un garçon fort honnête,
Ayant bon air, bien tourné, bien disant,
　　Bien vu du sexe, au demeurant
Charmant esprit, plein de cœur et de tête.
Comme il n'était point aveugle ni sot,
　　　Notre garçon bientôt
Sut que penser des regards qu'Isabelle
En soupirant tournait de son côté.
　　J'aurais dû, quand j'ai commencé,
　　Dire que la fille était belle.
　　C'est un point des plus importants :
Sans lui peut-être, elle n'eût de longtemps
　　Pu du commis se faire entendre.
Je ne voudrais médire de Laurent :
Toujours est-il que l'esprit pour comprendre
　　Est plus dispos assurément,
Quand l'orateur est d'aimable figure.
　　Que voulez-vous ? C'est la nature,
　　Ou plutôt c'est la vérité
　　Qui proclame ainsi son empire.
　　Tout rend hommage à la beauté :
　　Tout la célèbre ou la désire ;
L'œil n'est ouvert que pour la contempler,
　　Le cœur ne bat que pour l'aimer.

Laurent pensait probablement de même :
   De plus quelque chose en secret
L'avertissait que ce n'est pas bien fait
   De ne pas aimer qui nous aime.

   Tant et si bien qu'un certain soir,
   Dans la chambrette d'Isabelle
   Un œil attentif eût pu voir
   Entrer une forme nouvelle.
   Qu'était-ce? On le peut aisément
   Deviner sans grand commentaire.
   C'était notre commis Laurent,
   Qui venait dans un doux mystère
La nuit sceller tous les serments d'amour
   Qu'il avait faits pendant le jour.
   Cet aimable pèlerinage
Se fût longtemps sans doute répété
Sans que l'oreille ou l'œil du voisinage
   En eût rien vu, rien soupçonné.
   Car nos gens, contre l'ordinaire,
   Étaient avisés et prudents.
Aucun regard, aucun mot téméraire,
   Rien qui trahît leurs sentiments.
   Isabelle toujours sévère
Ne paraissait songer qu'aux achetants,
Allant, venant et recevant les gens ;

Enfin, c'était une fille exemplaire.
   Notre commis, de son côté,
   L'aune en main, mesurait sans cesse,
Vendait, comptait, semblait fort affairé
   Tout en rêvant à sa maîtresse.
   Puis, quand le magasin fermé,
Chacun dormait, bien et dûment couché,
   Venait Laurent. Alors je laisse
A penser quel festin, quelle douce allégresse !
   Rien ne suffisait à leur faim :
Gentils propos, aimable causerie,
   Baisers pris et repris, enfin
   La collection accomplie
   Des plus friands mets de l'amour.
   On avait jeûné tout le jour,
Bien juste était que l'on fît chère lie.
   Chaque chose a son tour.
   Voilà comment j'aime la vie.

Laurent, je crois, s'en trouvait bien aussi.
   Mais on ne l'a que trop bien dit :
   En amour, comme en toute chose,
   Ce qui commence doit finir ;
   Ce n'est pas seulement la rose,
Notre bonheur aussi peut se flétrir.

Or, il advint que l'un des frères
Une nuit se trouva souffrant.
Ne pouvant clore les paupières,
Il était là dans son lit attendant,
Comme l'on fait en semblable occurrence,
Que le sommeil ou le jour arrivât.
Pendant ces heures d'un silence
Propre à compter les pas même d'un chat,
Le bruit d'un pied qui dans l'ombre tâtonne
Le fait soudain tressaillir : il s'étonne,
Prête l'oreille, écoute ; enfin,
Sur une fente appliquant sa prunelle,
Il voit, non pas un assassin,
Mais leur commis, qui du lit d'Isabelle
Dans sa chambrette à pas de loup revint.
Qui fut surpris? Ce fut notre homme.
Point n'est besoin d'ajouter que le somme
Ne vint, le reste de la nuit,
De ses pavots toucher ce lit.
Lorsque l'aurore eut sur notre hémisphère
Enfin ramené la lumière,
Ce confident, créé par le hasard,
A la cohorte fraternelle
De ce qu'il vit accourut faire part :
« Ah ! mes frères, quelle nouvelle !

Laurent, notre commis,
Laurent, que l'on croit si fidèle,
Laurent, des garçons le modèle,
Laurent nous trompe, mes amis!...
— Eh quoi! dans la caisse a-t-il pris?...
— Non, non, ce n'est pas dans la caisse
Hélas! que le vol fut commis.
Moins grande serait ma tristesse
Si là se bornait le malheur.
Ce qu'il vola ne peut se rendre,
Car c'est l'honneur de notre sœur
Qu'il est venu presque sous nos yeux prendre. »
Là-dessus de tout raconter,
Puis les trois frères d'aviser.
Tout d'abord on voulait de suite
Aller dans leur chambre égorger
Cet amant, cette sœur maudite.
Dans le sang de tous deux il fallait se plonger...
Puis, s'apaisant la première colère,
On s'aperçut, pour excuser la sœur,
Que tout le tort venait du séducteur;
Qu'il avait dû certainement, pour plaire,
D'un maléfice emprunter l'art trompeur;
Qu'autrement jamais à l'honneur
Isabeau n'eût voulu forfaire.

Le vrai coupable étant donc ce Laurent,
C'est lui qui doit tout payer de son sang.
Puis, pas à pas revenant la prudence,
De bruit l'on crut qu'il fallait s'abstenir,
Et que le mieux serait d'ensevelir
  Le tout dans un profond silence.
Pour cela faire, on enverrait Laurent
    Quelque part, en voyage.
  On le tuerait ; selon l'usage
Sa mort serait le crime d'un brigand,
  Et, le temps endormant l'affaire,
Rien ne viendrait découvrir ce mystère.
  Ce qui fut résolu fut fait.
Laurent partit : au bout d'une semaine
Vient de sa mort la nouvelle certaine.
Pour mieux garder cet important secret,
Chez ses patrons on pleure, on se désole,
On fait pour lui chanter mainte oraison ;
Bref, on lui dresse aux frais de la maison
Un monument qu'eût envié Mausole.
  Cependant Isabeau toujours
  Pleurait en secret ses amours.
  Pauvre fille ! pauvre Isabelle !
Car s'il en coûte à cacher son bonheur,
  La feinte est cent fois plus cruelle

17

Quand le front rit malgré le cœur.
Une nuit qu'enfin sa paupière
Sous le sommeil avait pu se fermer,
Comme son cœur ne cessait de veiller,
Il lui sembla qu'une voix tendre et chère
   Venait de l'appeler tout bas :
   « Isabelle, ne craignez pas,
   C'est moi, c'est votre ami fidèle,
Votre Laurent ; vous pleurez mon trépas
   En maudissant la main cruelle
      D'un faux brigand.
     Hélas ! ce sont vos frères
Qui d'un peu d'or ont acheté mon sang.
Vous connaissez cette croix au levant
De la cité : là des mains sanguinaires
   En cachette m'ont enterré.
Hélas ! ma tombe en serait plus légère
Si je sentais votre pied adoré,
En la foulant, consacrer cette terre,
Et d'un parfum plus suave les fleurs
   Embaumeraient ma triste couche,
   Si quelques larmes, quelques pleurs,
   Si le souffle de votre bouche
   Venaient se mêler au zéphyr,
Qui le matin, comme un tendre soupir,

A l'aurore nouvelle,
En les baisant, les fait épanouir !
Voulez-vous pas y venir, Isabelle ? »
  Après ces mots, la voix se tut,
  Puis le fantôme disparut
En gémissant. La triste demoiselle
  S'éveillant pleura jusqu'au jour.
Son pauvre cœur n'avait que cet amour.
  A peine l'aube de son aile
Eut éloigné les ombres de la nuit,
  Elle quitte en secret son lit,
  Puis à la place désignée
Court aussitôt. Son amour la guidant,
  La terre fraîchement bêchée,
  La croix enfin, tout à l'instant
  Révèle à notre désolée
  La tombe de son cher Laurent.
  Elle creuse, elle veut encore
  Une fois revoir, embrasser
  Ce doux visage qu'elle adore,
  Ce beau front que n'a pu souiller
La mort. Ainsi raisonne toute amante.
  Puisque son cœur n'a pas changé,
Comment pourrait changer l'objet aimé ?
Illusion triste et pourtant charmante !

Tandis qu'en pleurant, sur son sein
De son amant elle pressait la tête,
Baisant ses yeux et sa bouche muette,
Une pensée à son esprit soudain
Se présenta : « Non, non, s'écria-t-elle,
Je ne veux plus de toi me séparer,
Je ne pourrais vivre sans contempler
  Tes traits ! Puisqu'une main cruelle
  A mon amour vint te ravir,
  Je veux qu'une forme nouvelle
  Puisse à mes yeux toujours t'offrir ! »
Elle sépare alors et met la tête
  Dans son voile, puis replaçant
  Le tout, ainsi qu'auparavant,
Elle revient. La chose fut secrète.
De ce voyage aucun ne se douta.
Le même jour, la jeune fille alla
  Sur le marché faire l'emplette
  D'un basilic salernitain.
Comme la chose était fort ordinaire,
  On n'y prit garde au magasin.
  On pensa que, pour se distraire,
La sœur avait acheté cette fleur :
« C'était bon signe : un jeune cœur
  Bientôt et de peu se console,

Disaient les frères ; entre nous
Qu'elle s'amuse à ce jouet frivole
En attendant qu'on lui donne un époux. »
Cependant la pauvre Isabelle
Chaque jour semblait dépérir :
Elle autrefois si brillante, si belle,
Qu'en la voyant on sentait de plaisir
Le doux printemps dans son sein refleurir.

Dans un morne et triste silence,
Elle passait ses jours près de sa fleur,
Ou quelquefois chantait une romance
Dont l'air plaintif allait à sa douleur ;
Puis, regardant la plante avec tendresse,
Elle pleurait et baisait tour à tour
Toutes les fleurs écloses de ce jour.

Enfin telle fut sa faiblesse
Qu'il lui fallut sur sa couche rester.
Son premier soin fut de faire apporter
Son cher basilic auprès d'elle.
Tandis que chaque jour la fleur
Devenait plus riche et plus belle,
Que chaque jour une branche nouvelle
De son feuillage étalait la splendeur,
Isabelle, en son lit mourante,

Vers son Laurent, triste et fidèle amante,
   Avait hâte de retourner.
   Un jour que sa lèvre tremblante
   Venait à peine de baiser
   Le vert feuillage de la planté,
On l'entendit à voix basse parler ;
Ses yeux au ciel parurent se lever.
Puis, reprenant de sa main amaigrie
   Le basilic salernitain,
Elle pressa l'arbuste sur son sein,
   Murmura le nom de patrie.
En ce moment, l'on vit trembler sa main...
Vers son Laurent son âme était partie.
De ce trépas les trois frères frappés
Les jours suivants entre eux philosophèrent
Et longuement sans raison raisonnèrent.
   Ce basilic, ces soins donnés,
   Ce grand amour pour une plante,
Maints traits par l'un, par l'autre rapportés,
   Tout rendait la chose étonnante.
   A la fin, l'un d'eux soupçonna
   Qu'une relique conservée
De son amant devait être cachée
Sous cet arbuste. On le crut, on alla,

La plante sans peine arrachée,
On fouilla la terre à l'instant.
Qu'y trouva-t-on? La relique cherchée :
C'était la tête de Laurent.

1863.

TABLE

Au Lecteur	5
Ma Voisine	7
Les deux Faucheurs	23
A mon ami l'abbé D***	31
A mon ami l'abbé D*** pour son ordination	37
En suivant le cercueil où, la paupière close	41
Lamartine	42
Oui, de mon beau vallon je chéris le silence	47
J'aime l'étoile qui luit	52
L'autre jour, en passant sur la place, je vis	55
Venez, petits enfants, venez, j'aime l'azur	57
Ainsi qu'un cep à son coteau	58
Ramenez-moi, disais-je, au pied de ma colline	60
A Musset	62
Le diable emporte l'aquilon	64

Oui, j'ai toujours aimé, quand le jour vient d'éclore. 66

Enfants, qui jouez sur la terre.................. 68

Un regard, une main serrée 69

Par les prés et les bois, quand le soleil d'automne.. 72

J'ai dit à mon malheureux cœur.................. 74

Madame, à votre front tant d'amour étincelle...... 76

A MA BRUYÈRE........ 78

Quand le soleil a fui derrière la colline........... 82

Epître à M. C***.................. 85

Quelquefois à la table où ma main d'un Homère 89

Comme un parfum, comme un zéphyr........... 90

Querellant tous les jours ma muse paresseuse...... 92

Enfant, votre sein s'arrondit.................. 96

Oui, votre œil bleu sourit comme un tendre bluet.. 99

Sur la pente inclinée où son flot se déroule........ 100

Autrefois j'avais une amie.................. 102

Une fleur au vallon, par l'ouragan penchée........ 105

Rien ne parlait encor sous votre sein naissant...... 107

Tu languis solitaire, ô blanche tourterelle........ 109

Chantez, enfant, chantez! votre voix est l'arôme... 111

BERTHE (conte) 113

UNE FÊTE DE VILLAGE 129

Jeune enfant, que le ciel sur ma route a placée..... 140

L'enfant vit de mensonge..... 143

Ainsi qu'une colombe à l'aurore s'élance......... 148

Lorsque je suis lentement.................. 152

Chante, petit oiseau! seul au fond des forêts....... 155

Enfant, le Seigneur vous regarde.................. 156

Voir avec vous blanchir au printemps l'églantier.... 159
Que faut-il au poète......................... 160
Où vas-tu, gentille hirondelle 162
Un rendez-vous m'est par vous assigné........... 165
Ce matin, je rêvais à mon prochain bonheur 166
O France, ô ma patrie! ô pauvre mère en deuil.... 168
L'Alsace.................................... 171
Toast aux Suisses............................ 174
Les derniers moments d'un Pharisien.......... 178
La Colombe d'Anacréon 180
A mon ami D***............................ 182
Il n'est plus, ce temps où grand'mère 184
A M. X*** 185
Le Basilic salernitain (conte)........ 186

www.ingramcontent.com/pod-product-compliance
Lightning Source LLC
Chambersburg PA
CBHW051825020726
47502CB00005B/1633